BONS BAISERS D'HELEN

BONS BAISERS D'HELEN

1992

PAR MALCOLM TIRÉSIAS

© 2016, Malcolm Tirésias

Edition : BoD – Books on Demand
12/14 rond-point des Champs Elysées, 75008 Paris
Imprimé par Books on Demand GmbH, Norderstedt, Allemagne
ISBN : 978-2-3220-7822-6

Dépôt légal : Février 2017

Les gens ne réalisent pas à quel point
un simple livre peut changer toute une vie.
Malcolm X

Avertissement

Toute ressemblance avec des personnes existantes ou ayant existé est purement fortuite.

Préambule

Ce livre relate les aventures de Malcolm, un jeune enfant visionnaire, victime de manipulations et en proie à l'impensable. Grâce à son don de prédire l'avenir, il va mener un combat acharné contre maître Klaus Phalaris, un avocat assoiffé de vengeance.
 Tirés de faits réels, les actes que vous allez découvrir n'ont jamais pu être prouvés devant un tribunal. Cette vie, Malcolm vous la raconte.

***

 Malcolm est le témoin direct d'une vie révolue. Il comprit qu'il était de son devoir d'en relater les faits avec la plus grande précision possible dans ces descriptions et ces déroulements, tout en simplifiant et changeant parfois les détails.
 Il est le témoin vivant qui a assisté à la folie humaine jusqu'à son état le plus extrême.
 Ce livre raconte une histoire interdite qui ne peut et ne doit plus arriver. Dans une société où les témoins de telles abominations sont rares, Malcolm a décidé de briser le tabou. Voulant continuer à vivre avec son cœur, il n'a plus souhaité garder en lui l'affaire de sa vie.
 Certaines personnes se demanderont pourquoi Malcolm a

voulu de nouveau ouvrir les brèches de la souffrance comme s'il n'avait pas assez souffert. Cela est dû à son extrême dégoût de l'injustice.

En effet, les horreurs commises sont trop graves pour qu'il les oublie. Pourtant, il a essayé de continuer à vivre tant bien que mal. Si Malcolm oubliait son passé et s'il refusait d'y croire, ce serait comme nier la vie. De tels évènements, bien que difficiles à croire, sont le fruit d'une vie humaine.

Son histoire doit être étudiée pour faire évoluer les mentalités. L'être humain est capable de réaliser les merveilles les plus extraordinaires. Malheureusement, l'homme est aussi capable du pire en tant que barbare et destructeur de ses propres œuvres. Il semble toujours autant attiré par une volonté de puissance qui peut le pousser à la folie.

Pour que les générations futures ne laissent plus de telles dissimulations avoir lieu, Malcolm est là pour vous rappeler le passé.

Ce livre est une dénonciation et une leçon tirée de la vie. Il sera la preuve écrite de ce à quoi Malcolm a assisté. Même après sa mort, les lecteurs se souviendront !

Malcolm vous le dit, la vie vaut la peine d'être vécu. Il est Malcolm !

1re Partie

Chapitre I

La tragédie

L'histoire démarra en 1989. Dans une ville nommée Thèbes, un jeune enfant âgé de presque trois ans était en classe de maternelle. Il se nommait Malcolm.

Ses cheveux étaient coiffés à la coupe au bol, il revêtait les habits que ses parents lui choisissaient. Il était déjà grand pour son âge. Sa taille était plus imposante que les autres enfants de sa classe.

Son père, Richard, était médecin généraliste et, étant fils unique, ses parents avaient pu lui payer ses études de médecine. Richard, tout comme son père qui était chauve, avait le cuir chevelu qui commençait à se dégarnir, prouvant le lien de parenté qui existait entre eux.

Sa mère, Helen, avait arrêté de travailler pour élever ses deux enfants. C'était une belle femme. Elle prenait soin de son physique. Ses cheveux étaient plutôt mi-longs. Helen avait une sœur plus jeune qu'elle de quelques années seulement. Ses parents vivaient à moins d'une heure de Thèbes.

Les deux époux s'étaient rencontrés durant leurs études à la faculté de médecine. Le coup de foudre avait été immédiat.

Avec la grande sœur de Malcolm, Emma, plus âgée de six ans, ils vivaient tous au-dessus du cabinet médical du père.

Un matin du mois de mai de cette même année, Helen conduisit ses enfants à l'école. Le jeune Malcolm entra dans la cour avec son petit cartable qui contenait son goûter pour la pause de dix heures et quelques crayons de couleur. Il était huit heures et l'enfant intégra la classe avec ses camarades. Les dessins abondaient dans la classe. Chacun des élèves développait ses facultés et utilisait ses mains pour créer. La sonnerie de l'établissement sonna les coups de dix heures. C'était la récréation tant attendue par tous. Les enfants lâchèrent tous leurs crayons et feutres. Au signal de la maîtresse d'école, ils partirent rejoindre les autres camarades dans la cour de l'école.

Au moment où le jeune Malcolm retrouvait ses copains pour s'amuser, une fillette arriva devant lui. Ils se mirent à se disputer. La petite fille, un peu plus âgée que lui, avait cinq ans et demi et s'appelait Adeline. Son père, maître Klaus Phalaris était avocat dans la ville. Elle avait deux sœurs plus grandes qu'elle.

La fille avait l'habitude de se moquer de Malcolm et venait régulièrement l'embêter. Ils étaient en haut d'un petit escalier dans la cour de l'école quand le garçon se mit à s'énerver. Elle le gifla en rigolant davantage. Mais d'un coup, l'enfant, humilié, la poussa de ses mains. La fillette bascula dans les marches et sa tête percuta le sol. Malcolm pleurait, la petite fille ne bougeait plus. Toute la cour venait de s'arrêter de jouer. Le silence précéda la panique chez le personnel de l'école. Adeline Phalaris venait de mourir.

Chapitre II

Le retour

Durant l'année 1991, Malcolm avait grandi. Il venait de fêter ses cinq ans. Il avait déménagé dans une autre maison que son père avait fait construire. Un habitat beaucoup plus grand que l'ancienne maison. Malcolm avait assisté au chantier.

Il avait vu son père désherber le terrain fraîchement acheté, l'aidant avec sa petite brouette d'enfant. De couleur rouge et jaune, elle ne servait pas à grand-chose, mais qu'importe, l'essentiel était qu'il participe aux travaux.

Son père était toujours médecin à Thèbes. Il n'avait vendu que les étages de la maison et avait gardé le rez-de-chaussée pour son cabinet médical. Sa mère était toujours femme au foyer, elle s'occupait de ses enfants qu'elle aimait tendrement.

La famille avait décidé de ne plus parler de la tragédie de la petite Adeline. Le cours de leur vie avait repris. Grâce à la bonne volonté des parents des camarades de classe de Malcolm, personne ne lui reparla de cette histoire tragique. Il arriva, certes, que quelques camarades lui en rappellent les faits. Mais Malcolm ne savait pas de quoi ils parlaient. Il était trop petit et le choc lui avait fait oublier. Il ne se doutait pas qu'un tel évènement ait pu avoir lieu, tout simplement parce qu'il ne s'en souvenait pas bien. Malcolm avait un blanc dans ses souvenirs. Il ne se rappelait pas bien des années précédentes, c'était flou.

***

Le père de la petite Adeline, décédée en 1989, avait eu beaucoup de mal à se remettre de la mort de sa fille. Le traumatisme suivi d'une grosse dépression lui avait fait oublier partiellement les évènements. Sa famille, avec qui il avait déménagé à Mycènes, une ville proche de Thèbes, ne lui reparla jamais de la tragédie. Il semblait avoir enfoui le nom de l'enfant qu'il avait fait chuter. Les personnes qui le côtoyaient, avaient refusé de lui donner des informations sur cette affaire car ils avaient peur de ce qu'il serait capable de faire. Lui demandant d'oublier, il n'insista plus.

Un jour, Klaus Phalaris se retrouva devant le bâtiment, à la sortie de l'école maternelle de Thèbes. Des parents d'élèves durent l'apercevoir et se demandèrent ce qu'il fabriquait à cet endroit. Il avait décidé de revoir les lieux deux ans plus tard. La scène se passa au courant de l'année 1991.

Chapitre III

L'incident

Les écoliers se retrouvaient dans la cour de l'école pour jouer ensemble. Les filles sortirent leurs cordes à sauter, une partie des garçons jouaient au loup.

Tout se passait bien jusqu'à ce que Malcolm et l'un de ses camarades se disputent. Boby était en classe avec lui. Ce dernier n'était pas très doué à l'école et beaucoup d'élèves se moquaient de lui pour diverses raisons. Des insultes commençaient à jaillir de leur bouche. Jackson, le maître d'école qui surveillait, en entendant ces mots, intervint :

— Boby et Malcolm. Arrêtez immédiatement ! ordonna-t-il.

Les deux enfants, bien loin d'arrêter là, se dirigèrent sur le côté de la cour à l'abri des regards. Ils se trouvaient à côté des fenêtres de la classe. Boby demeurait dos au maître. Malcolm, lui, était face à son camarade. Jackson ne les regardait plus, il surveillait d'autres enfants qui jouaient à la marelle de l'autre côté de la cour. Son regard se perdait dans le mouvement de leurs jambes. Il ne pouvait plus voir Malcolm et Boby. Ces derniers se mirent de nouveau en colère l'un contre l'autre. Boby se retourna pour voir si le maître d'école les regardait. Quand il s'aperçut qu'ils n'étaient pas observés, il donna un coup de poing dans le ventre de Malcolm. La respiration de l'enfant fut bloquée quelques instants. Il était plié en deux et semblait étouffer, heureusement, cela n'allait être que provisoire. Il pressa ses deux petites mains contre son ventre en le massant pour tenter de faire disparaître la douleur. Quand Malcolm reprit ses esprits, Boby grinçait des dents. Sans doute s'apprêtait-il à lui porter un nouveau coup, plus violent.

Si Malcolm ne faisait rien, il aurait été ridiculisé par ses camarades qui l'auraient appris par la suite. Il lui fallait agir contre Boby. Il jeta un coup d'œil dans la direction du maître et, s'apercevant que ce dernier ne le voyait pas, il passa à l'offensive. Malcolm se rapprocha de Boby en regardant par terre afin de ruser. Il plaça son pied gauche derrière les pieds du garçon de façon à pouvoir le faire trébucher. Et là, avec une étrange rapidité, il lui flanqua un coup de poing dans le ventre tout en le poussant vers l'arrière. Boby tomba brusquement. L'enfant ne bougeait plus, il semblait inanimé sous l'effet du choc. Sa tête avait claqué contre le béton du sol. Malcolm examina ses yeux ; ils étaient fermés. Il était choqué par ce qu'il venait de faire.

— Boby est-il mort ? Est-il évanoui ? se demanda l'enfant.

Pris de panique, il se mit à genoux à côté de l'enfant inanimé et le secoua vivement. Que venait-il de faire ? Boby ne remuait toujours pas. Le rythme cardiaque de Malcolm s'accéléra, son pouls augmenta brusquement. Des larmes se mirent à couler sur ses joues, tellement il était dépassé par ses actes. Il le secoua encore et encore et s'excusa en lui demandant de se réveiller. Mais rien à faire, Boby n'ouvrait pas les yeux. Les regards des enfants qui jouaient dans la cour se tournèrent dans sa direction. Sans tarder, le maître tourna la tête. Jackson comprit ce qui venait de se passer. Il galopa à toute allure vers l'enfant en détresse, se mit à genoux devant eux et cria :

— Qu'est-ce que tu as fait ? Mais qu'est-ce que tu as fait ! s'alarma Jackson en secouant Boby.

— Je n'ai pas fait exprès, maître. Il est tombé par terre, pleura Malcolm.

— Réveille-toi Boby ! dit Jackson en prenant le garçon dans ses bras.

Tous les enfants avaient brusquement cessé de jouer. Ils observaient la scène qui se déroulait devant leurs yeux. Jackson se releva rapidement et se précipita à l'intérieur du bâtiment. Que pouvait-il bien y faire ? Il rentra dans la salle de cours et y empoigna le téléphone. Il composa le numéro pour appeler le SAMU puis repartit en s'empressant vers l'extérieur. Une femme décrocha :

— Urgences, j'écoute, énonça la voix féminine.

— Je m'appelle Jackson. Je suis maître de l'école maternelle de Thèbes. Un enfant est inconscient dans la cour, envoyez vite une ambulance, répondit-il, puis il raccrocha.

Après avoir composé le numéro de la police, il entendit un homme lui répondre :

— Police nationale, j'écoute, fit la voix.

— Je suis maître de l'école maternelle à Thèbes. Un enfant a reçu des coups, envoyez quelqu'un, expliqua Jackson en mettant un terme à la communication.

Puis, il ouvrit son répertoire téléphonique. Il repéra les numéros de téléphone des parents de Boby et de Malcolm qu'il composa respectivement. Il leur expliqua l'affaire en leur demandant de venir vite.

Après quoi, il se remit à genoux devant Boby. Malcolm se trouvait à côté d'eux et continuait à pleurer. Ses joues étaient semblables à des torrents.

Quelques minutes passèrent quand une ambulance apparut sur le côté du bâtiment.

Tout semblait éteint dans la cour, il n'y avait plus un bruit, plus un mot. Les regards étaient fixés sur la scène. Jackson aperçut les secouristes et se releva en marchant dans leur direction. Un dialogue s'instaura entre eux :

— Est-ce vous qui nous avez appelé ? Que se passe-t-il ? demanda le plus âgé des ambulanciers.

— Il y a eu une bagarre entre deux enfants. L'un d'eux est tombé la tête sur le béton, expliqua le maître.

Les deux ambulanciers se déplacèrent rapidement vers Boby. Soudain, la mère de Boby apparut sur le devant de l'école, elle semblait scandalisée. Très vite, la mère de Malcolm se trouva également dans la cour de l'école. Elles regardaient côte à côte les faits qui se déroulaient sous leurs yeux impuissants. Le père de Malcolm, Richard ne tarda pas à arriver.

La police nationale débarqua, les fonctionnaires placèrent leur voiture sur le trottoir devant le véhicule du SAMU. Le gyrophare illuminait la cour d'un bleu inquiétant. Le petit Boby se trouvait sur le brancard, inconscient. Sa mère pleurait. Un fonctionnaire de police posa des questions aux adultes quand, très vite, il comprit qui était le maître d'école qui avait appelé. Les deux personnes dialoguèrent :

— Qu'est-ce qui s'est passé ? demanda le policier à Jackson.

— C'est cet enfant, Malcolm qui s'est battu avec lui, fit Jackson en pointant du doigt le garçon.

— Vous êtes ses parents ? demanda le fonctionnaire en interpellant Helen et Richard.

— Oui, c'est nous, confirma la mère.

— L'un de vous doit me suivre ! insista-t-il.

Malcolm pleurait de plus en plus. Il demandait pardon avec insistance. Mais c'était trop tard, les erreurs étaient faites. Helen entra dans le véhicule de police. Tous les regards scrutaient Malcolm, tout le monde le regardait en s'interrogeant.

La mère du petit Boby était montée dans l'ambulance. Le véhicule faisait route vers l'hôpital de Thèbes, proche de l'école. Le plus jeune des ambulanciers, donc le moins expérimenté, avait pris le volant. L'autre prodiguait les premiers soins à l'enfant. Il posa sa main sur le poignet du garçonnet de façon à prendre son pouls. Il sentit un battement, certes faible mais le pire était évité. Il le plaça sous oxygène en lui appliquant un masque qui était bien trop grand pour lui, mais qu'importe, l'essentiel était que le cerveau ait un apport suffisant en oxygène. L'ambulancier ausculta la tête du petit garçon :

— C'est sans doute un choc au niveau du crâne, dit-il.

— Va-t-il s'en sortir ? s'alarma la mère.

— Tant que nous ne lui avons pas fait d'examens, je ne peux rien vous dire, madame.

L'ambulance arriva très rapidement au service des urgences de l'hôpital. Dans un temps très bref, les deux ambulanciers sortirent le petit du véhicule. Le brancard roulait à présent dans les couloirs de l'hôpital. Le plus âgé des ambulanciers partit avec Boby.

L'accueil était assez vaste ; en effet, cet hôpital était le plus grand de tous les hôpitaux de la ville. Il accueillait bon nombre de patients malades, ayant des problèmes de toutes sortes.

L'ambulancier interpella une secrétaire pour qu'elle prenne contact avec la dame en détresse. Un dialogue s'instaura entre les deux femmes. Le petit Boby se trouvait dans les abîmes de l'hôpital.

Pendant ce temps, le véhicule de police roulait en direction du commissariat. L'un des policiers empoigna la radio qui permettait de communiquer avec le central et parla :

— Corbeau 12 à Yannick, vous me recevez ? dit-il.

— Je vous reçois Corbeau 12, à vous de parler, répondit la voix masculine.

— Nous amenons une personne ; la mère du petit garçon qui se serait battu avec un camarade, qui est aux urgences, articula le fonctionnaire.

— Reçu, termina la voix.

Pendant ce temps, Malcolm et son père se sentaient vraiment seuls au monde. Ils ne pouvaient plus faire marche arrière, seul le temps déciderait de leur sort. Le garçon et son père quittèrent l'école. Richard décida de dialoguer avec Malcolm dans la voiture :

— Malcolm, dis-moi, que s'est-il passé à l'école tout à l'heure ?

— Je n'ai pas fait exprès, papa, ronchonna le petit.

— Dis-moi la vérité maintenant, et ne me mens pas, exigea-t-il.

Le garçon faisait couler des larmes de regrets quand il commença à expliquer à son père le déroulement de la scène. Puis, Richard poursuivit d'un ton sévère :

— Je t'ai déjà dit qu'il était interdit de te battre avec l'un de tes camarades. Tu vois ce que cela a fait ! Nous allons avoir des problèmes. C'est ta maman et moi qui serons punis à cause de toi. Tu seras puni en rentrant à la maison.

Helen arriva devant le commissariat de police situé à quelques kilomètres de l'école, plus proche du centre-ville. Le véhicule de la police nationale s'arrêta devant une grande grille verte avec des pics sur le dessus. Sa taille était imposante, elle décourageait quiconque souhaiterait s'évader. Sans un mot, le fonctionnaire, côté passager, sortit de la voiture sans refermer la porte. Il se déplaça en direction de la fameuse grille verte. Il y enfonça une grosse clé qu'il tourna sans hésitation. La colossale grille s'ouvrit, des grincements de charnières retentirent jusque dans l'automobile. Le policier repartit s'asseoir dans le véhicule. Le conducteur enclencha la première et la voiture entra sur le parking du commissariat, et se gara sur une place attribuée. Les deux hommes en uniforme sortirent du véhicule ; l'un d'eux ouvrit la porte arrière afin de faire sortir Helen. Le fonctionnaire prit la parole :

— Maintenant, suivez-nous ! fit-il d'un ton autoritaire.

Sans répondre, la mère obéit aux agents de l'État. Elle fut escortée jusque dans les locaux. Les couloirs du bâtiment sentaient la vieille peinture. Helen remarqua des cloques sur les murs, un seul frottement de main et le revêtement se serait arraché comme un rien. Les peintres n'avaient pas mis les pieds là-dedans depuis bon nombre d'années. L'état des lieux témoignait du manque de moyens financiers pour restaurer les commissariats.

Dans les couloirs, les agents circulaient de toutes parts ; aucun d'eux n'avait remarqué la présence de la mère. Elle marcha quelques instants puis arriva dans une pièce d'une bonne vingtaine de mètres carrés. Deux policiers en uniforme se trouvaient derrière une sorte de comptoir. Les agents, qui avaient accompagné Helen, s'arrêtèrent brutalement, puis l'un d'eux s'adressa à son collègue :

— Voici la personne en question, c'est la mère du petit garçon qui s'est bagarré, fit-il en la montrant du doigt.

Le policier observa Helen et dit :

— Eh bien ! Quel âge a-t-il ? demanda le fonctionnaire.

Helen hésita, puis elle comprit qu'elle devait répondre :

— Il a cinq ans, monsieur, répondit-elle, terrorisée.

— Dis donc, il commence très tôt pour se bagarrer ! signala le même policier.

— Mais je suis sûre qu'il n'a pas fait exprès, répliqua la mère.

— Et vous, madame ? Où étiez-vous pendant les faits ? demanda-t-il.

— J'étais à la maison. Mais Malcolm n'est pas quelqu'un de violent, vous savez, fit-elle remarquer.

— Bon, nous en reparlerons tout à l'heure. Nous allons faire une déposition. Vous avez le droit de passer un coup de téléphone pour appeler votre mari.

Le visage d'Helen changea soudainement. Elle ne pouvait pas accepter la situation. Le policier poursuivit :

— Vous ne resterez avec nous que le temps que nous ayons une déposition. Après quoi, votre mari viendra vous chercher et vous pourrez sortir, expliqua-t-il en changeant de ton et en voulant apaiser la situation.

Les deux policiers bloquaient la sortie. Des larmes de tristesse coulèrent des yeux d'Helen.

Une bonne demi-heure s'était écoulée. La forte intensité des néons blancs ne rendait vraiment pas l'endroit dans lequel elle se trouvait chaleureux. Ce type d'éclairage que l'on trouvait surtout dans les garages semblait humilier Helen. Cette lumière était inquiétante, elle présageait de mauvais évènements. Helen stressait toujours autant. Elle connaissait la gravité de la situation. Elle se tenait assise en attendant sa sentence quand deux agents arrivèrent devant elle. Helen se leva brusquement en les observant avec une certaine inquiétude. L'un d'eux s'arrêta, il la fixa et lui dit :

— Veuillez nous suivre, madame.

Un agent passa devant elle, Helen le suivit, pendant que

l'autre agent se plaçait derrière. Elle était escortée. Elle parcourut quelques dizaines de mètres qui furent ponctués par de nombreux regards foudroyants de la part des autres policiers qui circulaient. Ensuite, le groupe gravit quelques marches. Ils marchèrent encore dans un couloir obscur et s'arrêtèrent devant une porte ; l'agent de police toqua. Après avoir entendu une réponse, il ouvrit la porte. Les deux fonctionnaires ne rentrèrent pas. Sans parler, ils firent signe à Helen de pénétrer dans la pièce. Elle observa l'endroit dans lequel elle se trouvait. Le sol était recouvert de tout petits carreaux de nuance jaune et rouge donnant un aspect orangé. Malgré une grande fenêtre avec simple vitrage qui permettait à la lumière du soleil de rentrer et d'illuminer les lieux, un tube de néon éclairait l'entrée de la pièce. Il y avait une grande plante verte, quelques armoires à tiroirs pour y ranger des dossiers clés. À côté de la porte, se trouvaient un grand bureau blanc et un fonctionnaire assis sur une chaise qui fusillait du regard Helen. La mère resta plantée devant lui, il entama la conversation :

— Prenez place et asseyez-vous, exigea l'agent.

Les deux agents de police la laissèrent dans la pièce et refermèrent discrètement la porte. Helen ne remarqua pas leur départ, elle était trop tracassée par la suite des évènements. Elle pencha la tête en arrière et vit que la peinture du plafond, noircie par le temps, s'écaillait. Le fonctionnaire, d'une quarantaine d'années, ne parla pas immédiatement. Il lisait un texte sur une feuille. En fait, il s'agissait du dépôt de plainte du père de Boby. Soudain, il leva la tête et prit la parole :

— Vous avez de la chance, l'hôpital nous a appelés pour nous dire que le petit garçon est conscient. Il a eu un léger coup sur la tête mais rien de grave a priori. Ses jours ne sont pas en danger, affirma-t-il.

Helen serra sa main comme signe de réjouissance, mais l'inquiétude était toujours palpable.

Dans la pièce close, les discussions avec le policier reprirent :

— Alors, madame. Pouvez-vous m'expliquer pourquoi votre fils de cinq ans se bagarre de la sorte ?

— Je vous assure, monsieur, c'est la première fois qu'il agit ainsi.

— En êtes-vous sûre ? Dois-je vous rappeler ce qui s'est passé en 1989 ?

— Avec son père nous avons tout fait pour ne pas lui reparler de cette époque.

— Comment l'éduquez-vous ?

— Tout à fait normalement. Il reçoit des punitions quand il fait des bêtises. Mon mari et moi élevons notre enfant tout à fait convenablement. Ni trop strict, ni trop léger. Croyez-moi, affirma Helen.

— Comment est-il à la maison ?

— C'est un gentil garçon. Mais c'est vrai qu'il ne ressemble ni à sa sœur ni aux autres enfants. Il est souvent contrarié, il casse souvent ses jouets. Il ne veut faire que ce qu'il souhaite et se met souvent en colère. Mais il n'a jamais été violent, se défendit la mère.

— Vous devriez en parler à quelqu'un de qualifié avant que ça ne se complique davantage.

— Je vais y réfléchir sérieusement, monsieur. Je m'inquiète beaucoup.

Le père de Malcolm, Richard, arriva au commissariat, ayant été prévenu par sa femme qui lui avait passé un coup de téléphone depuis le poste de police. Il comprenait la situation et se doutait des risques qu'ils encouraient. Dès qu'il entra dans le bâtiment, il s'adressa à un policier qui aurait sans doute pu le renseigner :

— Bonjour, monsieur. Je suis le père du petit Malcolm. Ma femme est dans le commissariat, déclara Richard, troublé.

— Ah oui. Je suis au courant, fit le policier.

— Je vais la chercher.

Signant différents papiers pour sa sortie, le couple finit par quitter le commissariat tout à fait en règle. Ils partirent en direction de leur domicile, bien plus accueillant que le commissariat.

En arrivant à la maison, la petite famille se réunit pour discuter. Malcolm devait certes recevoir une punition, mais avant, ses parents voulaient en apprendre plus sur ce qui l'avait poussé à être violent envers un de ses camarades. Ils se réunirent autour de la table de la cuisine. Emma, sa sœur, était également présente ; ses parents lui relatèrent les faits. Elle non plus ne comprit pas la réaction de son frère. Helen prit la parole :

— Malcolm, explique-moi pourquoi tu as utilisé la violence contre Boby alors que nous t'avons toujours interdit de te battre ?

— Je ne sais pas, maman. C'était plus fort que moi. Boby m'avait contrarié.

Le regard de la mère se porta sur Malcolm, puis ce dernier poursuivit :

— Avec Boby, nous nous sommes disputés. Ensuite il m'a donné un coup de poing dans le ventre. Pour me défendre, je lui ai fait un croche-pied. Et il est tombé par terre. Mais je ne le voulais pas. Sa tête est tombée contre la pierre et là, il ne bougeait plus. C'est la vérité. Je ne voulais pas qu'il soit blessé ! expliqua le garçon.

— Nous dis-tu bien la vérité ? Fais très attention de ne pas me mentir, sinon nous aurons de gros problèmes, tu m'as compris ? menaça Richard.

— Oui, je vous le jure, fit-il sincèrement.

— Pourquoi parles-tu avec lui si tu sais qu'il va te contrarier ? Pourquoi ne restes-tu pas avec tes copains ? demanda le père.

— C'est vrai que ton papa et moi avons remarqué que tu casses souvent tes jouets ces derniers temps, tu bâcles tes dessins... Sais-tu pourquoi ?

— Quand vous me punissez, je veux encore moins les finir, répliqua Malcolm.

Les membres de la famille poursuivirent leur réunion pendant un certain temps puis ils mangèrent leur repas. Mais est-ce que cela arrangerait les choses ? L'après-midi, Helen palabra avec son mari pour tenter de trouver une solution au problème de Malcolm :

— Richard, je crois qu'il est temps d'en parler à quelqu'un d'extérieur, Malcolm n'est pas bien.

— Oui, mais à qui ?

— On peut demander conseil à son psychologue. Il reçoit tous les jours des enfants qui ont de gros problèmes. Et en plus, il a déjà vu Malcolm plusieurs fois, il le connaît bien maintenant, argumenta Helen.

— C'est une bonne idée, ça vaut la peine d'essayer.

Chapitre IV

Le test

Après que l'aiguille de l'horloge eut passé les deux heures de l'après-midi, Helen alla dans le bureau. Elle ferma la porte pour ne pas être dérangée. Elle ne prit rien en main à part le téléphone. Sans calepin ni note, elle composa le numéro du psychologue de Malcolm : le docteur Bishop. Cet homme d'une quarantaine d'années exerçait son métier au centre-ville de Thèbes. Il pratiquait cette profession depuis la fin de ses études, où il avait fait l'acquisition de son propre cabinet. Avec ses années d'ancienneté et d'expérience, il avait obtenu une certaine reconnaissance de la part des parents d'enfants qui le consultaient. Toutefois, ce qui augmentait sa bonne image, ce n'était pas seulement son talent ou son sérieux mais c'était son absence de jugement envers les enfants qu'il recevait. Malcolm devait sans doute l'apprécier pour cela aussi.

Ainsi, Helen venait de composer son numéro ; elle paraissait vraiment décidée à lui faire part des problèmes de son garçon, qui semblait tourmenté en ce moment. Elle colla le haut-parleur contre son oreille et, après quelques secondes de silence, un premier bip fut émis. À la suite, un bruit significatif se fit entendre ; quelqu'un venait de décrocher le téléphone. Une voix masculine répondit :

— Allô. Docteur Bishop à l'appareil. J'écoute, dit la voix.
— Bonjour Graig. C'est Helen à l'appareil.
— Bonjour Helen. Comment vas-tu ?
— Nous avons eu des problèmes avec Malcolm. Il ne va pas très bien.
— Ah oui ?
— Oui, je souhaiterais que nous en parlions ensemble, avec lui.
— Ah oui, bien sûr.
— Pourrions-nous avoir un rendez-vous ? questionna Helen.
— Tu vas m'expliquer cela, Helen. Attends un instant, je regarde.

Le téléphone cogna contre le bureau du psychologue, il chercha son agenda et le trouva :
— Je regarde, une seconde... Mm... Voilà... Je pourrais être libre dans deux jours vers seize heures trente. Est-ce que cela te convient ? demanda le psychologue.
— Oui, parfait. Nous y serons, affirma Helen
— J'espère que ça va aller. Alors à bientôt, Helen.
— Oui. Merci Graig. À très bientôt. Salut.

Ils raccrochèrent simultanément leur téléphone. Helen se sentait quelque peu rassurée d'avoir une personne de confiance qui puisse les écouter. Sans attendre, elle déverrouilla la serrure et partit annoncer la bonne nouvelle à son mari. Ils prirent conscience qu'ils avaient de la chance de connaître un homme aussi disponible et attentionné que Bishop. Helen pensait que grâce à lui, ils trouveraient le moyen de faire changer Malcolm.

Un peu après, Helen gravit les escaliers pour se rendre à l'étage où se trouvait Malcolm. Celui-ci était dans sa chambre depuis la fin du repas. Helen entra, Malcolm était couché sur son lit, il pleurait. Sa mère lui parla :

— Malcolm, j'ai téléphoné au docteur Bishop. Il nous recevra tous les deux après-demain. Je viendrai te chercher après l'école et nous partirons ensemble. D'accord ?

Malcolm ne répondit pas immédiatement. Il faisait la tête à sa mère, même si ce n'était que provisoire. Sa mère répéta :

— D'accord, Malcolm ?

— Oui, répondit simplement l'enfant.

Le surlendemain, Malcolm fut autorisé à réintégrer son établissement scolaire. Les jours s'étaient écoulés. La vie avait repris son cours. C'était une matinée comme tant d'autres. Le temps était nuageux, quelques rayons de soleil tentaient tant bien que mal de percer ces épaisses masses humides. De temps en temps, la clarté apparaissait dans la cour de l'école, à d'autres moments, c'était le règne de l'ombre.

Le petit Boby se sentait à présent beaucoup mieux et comme il n'y avait pas eu de complications, il avait pu sortir de l'hôpital en bonne santé. Le maître d'école avait jugé bon de faire réintégrer l'école à Boby et Malcolm en même temps.

Le matin même, Helen décida de marcher avec son fils pour l'accompagner à son école maternelle. La mère et le fils descendirent la petite côte sur laquelle se trouvait leur maison, main dans la main comme signe de leur réconciliation. Ils passèrent par une première rue, puis ce fut le tour d'une deuxième petite ruelle d'être empruntée. Ces instants de marche tranquille fascinaient Malcolm. Le fait de voir des arbres, de l'herbe gorgée d'eau par la rosée du matin et d'entendre de paisibles chants d'oiseaux sous le soleil levant, permettait de faire oublier ses problèmes au jeune garçon.

Malcolm et sa mère arrivèrent non loin de l'entrée de l'école. L'enfant était affecté par un sentiment de culpabilité grandissant envers son camarade blessé. Il avait surtout peur d'affronter les regards de ses copains. Comment le jugeraient-ils après ce qui s'était passé ? Mais Malcolm craignait surtout la réaction de Boby lorsqu'ils se reverraient. Est-ce qu'ils se disputeraient encore ? Se bagarreraient-ils encore, entraînant de nouveaux désastres et problèmes ? Notre jeune garçon n'aimait pas la violence, il ferait sans doute tout pour l'éviter cette fois-ci. Mais serait-ce du goût du petit Boby qui voudrait peut-être se venger ?

À quelques mètres de l'entrée de la cour de l'école, Helen s'arrêta net. Elle voulait éviter d'affronter les regards des premiers parents d'élèves. Néanmoins, elle resta sur place. Alors qu'il était presque huit heures, elle attendait là avec son fils, comme si elle souhaitait réaliser quelque chose qui lui tenait à cœur. L'aiguille des minutes défilait sans que Malcolm ne s'en rende compte. Sa peur lui faisait perdre toute notion du temps. Il contempla son environnement : un large trottoir sur lequel il se trouvait, à leur droite une petite rue peu fréquentée, derrière eux un marronnier, en face, un garage non fréquenté. À leur gauche, l'école était encore peu occupée. L'aiguille approcha de huit heures, Helen ne bougeait pas d'un poil. Quand, une minute avant huit heures pile, une mère arriva avec un enfant affublé de quelque chose d'étrange, un bandage autour de la tête :

— C'est Boby ! pensa Malcolm.

Le souffle coupé, Malcolm ne réagissait pas. Helen l'aperçut peu après. Qu'allait-il se passer à présent ? La mère de Boby était à quelques mètres d'Helen. Les regards des deux femmes se croisèrent, l'air surpris. Le petit Boby et sa mère se mirent à ralentir. Helen et Malcolm tendaient à se rapprocher d'eux comme si elle voulait leur adresser la parole. Helen ne perdit pas de vue les yeux de la mère de

Boby, qu'elle fixait. Helen s'arrêta net puis elle commença à discuter avec eux :

— Bonjour, madame. Mon fils souhaite vous dire quelque chose, fit-elle en poussant Malcolm vers eux.

— Je voulais m'excuser de m'être battu avec toi, Boby. Je ne voulais pas que tu tombes par terre. Excuse-moi, exprima Malcolm, sincèrement.

Le petit Boby ne lui répondit pas, il tourna la tête et regarda sa mère. La dame semblait émue par les mots de Malcolm puis elle répondit :

— Penses-tu vraiment ce que tu dis ?

— Oui, madame. Boby m'a donné un coup de poing et j'ai voulu me venger, mais je n'aurais pas dû. Je suis désolé, continua Malcolm.

— Bon, c'est bien ce que tu as dit là. Mais il fallait réfléchir avant de lui faire un croche-pied, s'entêta la dame.

— Je vous assure, madame, que mon fils ne recommencera plus. Il n'est pas très bien en ce moment, affirma Helen.

La dame fit signe à son fils de rentrer dans l'école.

Helen s'abaissa au niveau de son fils :

— Maintenant, rentre dans la cour. Je vais y aller. Mais promets-moi de ne pas te disputer avec Boby où d'autres camarades, exigea la mère.

— Oui, maman.

— S'il y a un problème, tu vas voir ton maître, Jackson.

Malcolm partit dans la cour de l'école, sa mère s'en alla. Déjà, les premiers regards d'interrogation portaient sur Malcolm. Mais les élèves continuèrent les jeux qu'ils étaient en train de faire. Le cours des choses semblait avoir repris. L'heure sonna, le maître appela les élèves au rassemblement. Malcolm ne trouva pas de copains avec qui se ranger, il se plaça en fin de file. Les cours reprirent comme s'il ne s'était rien passé.

La récréation de dix heures arriva. Les enfants sautèrent dans la cour en poussant des cris de joie.

La journée se déroula normalement sans problème. Vers seize heures, les parents d'élèves attendaient sagement la sortie de leurs enfants. Helen s'était garée avec sa voiture à quelques mètres de là. Un bruit sourd retentit dans ses oreilles. Elle se retourna et aperçut Malcolm qui rentrait dans l'automobile. Il s'assit sur le siège arrière. La mère et le fils se saluèrent et s'embrassèrent. Helen lui dit :

— Tiens, Malcolm, je t'ai apporté un goûter. Mange-le avant que l'on n'aille chez le docteur Bishop.

Malcolm se saisit de la friandise tant attendue. Il s'agissait d'un petit pain fourré à la fraise dont les enfants de son âge raffolaient. Malcolm attacha sa ceinture de sécurité. Helen fit demi-tour avec la voiture. Ils roulèrent en direction du centre-ville, tournèrent vers la gauche et se garèrent sur un grand parking. Ils sortirent du véhicule et Helen prit soin de verrouiller la voiture. Ils marchèrent davantage vers le centre-ville. En pleine rue piétonne, ils passèrent devant un stand d'objets à vendre, tenu par des Africains. Malcolm les regarda, il leur fit un sourire.

Ils traversèrent encore quelques ruelles et arrivèrent main dans la main devant un immeuble, grand et large. Ils finirent par s'immobiliser devant une porte vitrée qui paraissait immense à Malcolm. Helen chercha un nom parmi les nombreux autres. De mémoire, elle retrouva rapidement le bouton de la sonnette. Elle pressa l'interrupteur. Sans que personne ne parle à l'interphone, un bip retentit. Helen poussa la porte qui s'ouvrit sans trop de difficulté même si Malcolm n'aurait pas réussi à la déployer seul. Ils en franchirent le seuil. Aussitôt, le battant se referma sur lui-même. Ils gravirent les étages. En arrivant en haut, Malcolm était épuisé. Ces efforts étaient difficiles à surmonter pour un enfant. Helen poussa une nouvelle porte, sur laquelle on pouvait lire l'inscription : « Graig Bishop – psychologue ».

À peine arrivés, ils entendirent des bruits aigus. Ils entrèrent dans la salle d'attente. Malcolm remarqua une mère qui patientait et un enfant qui s'amusait avec les jouets du cabinet. Malcolm ne le connaissait pas, il l'avait peut-être déjà vu une autre fois mais il ne se rappelait pas. Il s'assit aux côtés de sa mère sur un petit banc en bois. Malcolm ne désirait pas faire connaissance avec le garçon et participer à son jeu, il était trop timide. Une porte s'ouvrit, une mère et sa fille sortirent, accompagnées d'une autre dame plus jeune. Helen et elle se parlèrent :

— Bonjour, madame, fit Helen.

L'associée du psychologue la salua ainsi que Malcolm, qui lui répondit. Elle fit entrer l'autre mère et son fils qui patientaient déjà. Le calme régnait à présent dans la salle d'attente. Malcolm s'ennuyait, mais il ne voulait toujours pas jouer, il était encore trop tendu et perturbé par l'histoire de Boby. Une bonne dizaine de minutes s'écoulèrent quand, soudain, la porte qui menait au couloir d'entrée s'ouvrit. Un homme avec une grosse barbe qui lui prenait tout le visage apparut devant eux. Helen se leva, lui tendit la main et dit :

— Bonjour Graig !

— Bonjour Helen. Salut Malcolm ! fit-il en regardant Malcolm dans les yeux. Venez, nous allons dans mon bureau, invita-t-il.

Ils longèrent un couloir, étroit mais long où des affiches étaient exposées sur les murs. Ils entrèrent à gauche dans une pièce meublée d'un bureau dans le fond et de deux chaises pour les patients. Contre un mur se trouvait une petite bibliothèque comportant des ouvrages de spécialistes de l'enfance. Il y avait également deux cadres de paysage apaisants. Les trois amis s'assirent calmement. Après quelques instants de silence, Bishop prit la parole :

— J'ai appris que ça n'allait pas bien, Malcolm. Alors, racontez-moi ce qui ne va pas ?

— Voilà. Il y a deux jours, Malcolm s'est bagarré avec un camarade. Il l'a fait tomber et le petit garçon est parti à l'hôpital, expliqua Helen.

— Mais pourquoi as-tu fait ceci ? interrogea le psychologue.

— Nous nous sommes disputés.

— Si je tiens à t'en parler, c'est parce que j'ai remarqué depuis longtemps que Malcolm n'est pas comme les autres. Je ne le trouve pas très bien dans sa peau. Nous avons beau devenir un peu plus sévères par moments, il pique souvent des colères. Il ne veut faire que ce qui lui plaît. Néanmoins, je vois qu'il paraît mature pour son âge. J'arrive presque mieux à discuter avec lui de sujets importants qu'avec sa sœur qui a pourtant six ans de plus. Mais surtout, il est très curieux de tout. Malgré son jeune âge, il bricole beaucoup avec son père, du moins, il se débrouille, commenta Helen.

— Tu aurais dû m'en parler plus tôt.

— Je n'osais pas te raconter ses problèmes, fit remarquer Helen.

— Quant à moi, j'ai toujours vu Malcolm comme un petit garçon très poli. Je ne m'attendais pas à ce que tu me dises cela, raconta Bishop.

— Pourrais-tu me dire ce que je dois faire pour comprendre ses problèmes ? fit la mère désespérée.

— Et toi, Malcolm, comment te sens-tu à l'école ? questionna Bishop.

— Je n'aime pas aller à l'école. Mes copains ne m'aiment pas vraiment.

Bishop réfléchit calmement en regardant à tour de rôle Helen et Malcolm. Le silence régnait dans la pièce quand il se remit à parler :

— Je pourrais peut-être lui faire faire un test de Q.I. Il semble y avoir des similitudes dans son comportement avec celui d'un enfant surdoué. Qu'en penses-tu Helen ?

— C'est une bonne idée. Après tout, c'est mon fils, dit-elle en regardant Malcolm.

— C'est toi qui m'as dit que tu étais une surdouée, n'est-ce pas, maman ? questionna Malcolm.

— Oui, c'est vrai, Malcolm.

— Je ne le savais pas. En effet ces choses-là pourraient être héréditaires selon certains scientifiques, bien que cela ne soit pas prouvé. As-tu fait un test de Q.I., Helen ? interrogea le psychologue.

— Oui, il y a quelques années.

— Et quels furent les résultats ?

— Le test a révélé que j'avais un Q.I. aux alentours de 140, affirma Helen.

— Eh bien, c'est une sacrée nouvelle que tu m'annonces là, dit-il l'air surpris.

— Mais c'est quoi un surdoué ? demanda Malcolm intéressé.

— Un surdoué est une personne qui a plus de capacités que la plupart des personnes. Il a la possibilité de comprendre plus vite que les autres. Néanmoins un surdoué a plus de problèmes qu'un autre individu, comme l'intégration et bien d'autres choses, raconta le psychologue. Veux-tu faire ce test Malcolm ?

— Oui bien sûr, s'exclama le garçon.

— Dans ce cas, si vous êtes d'accord tous les deux…

Mais je dois impérativement vous prévenir que les résultats peuvent perturber l'équilibre de Malcolm, dit-il en s'adressant à Helen.

— Que veux-tu dire par là ?

— Des résultats médiocres peuvent entraîner chez certains enfants un refus d'étudier parce qu'ils pensent qu'ils n'en sont pas capables. Inversement, avec des résultats supérieurs à la norme, l'enfant peut se laisser aller, pensant que tout se passera plus facilement pour lui. Il faut comprendre que tu devras adapter ton approche envers lui en fonction des bilans du test. Ces conséquences ne doivent pas être prises à la légère, argumenta le psychologue.

— Mais si nous ne faisons rien, Malcolm continuera à être mal dans sa peau, et cela pourrait s'aggraver. Je parle en connaissance de cause. Il y a encore quelque temps, je ne me reconnaissais pas dans les gens que je fréquentais. Je voyais ces différences avec eux comme une sorte d'échec personnel, comme une tare. Mais quand j'ai fait le test, j'ai compris ce que j'avais et depuis je me sens bien mieux, fit remarquer Helen.

— Je comprends. Mais pour un enfant, les conséquences de ce test pourraient bien en être autrement.

— Sans doute, mais je serai là pour l'aider et le soutenir quoi qu'il arrive.

— Bon. Dans ce cas... Et toi Malcolm, as-tu compris les conséquences que peut entraîner ce test ? demanda le psychologue.

— Oui, docteur Bishop. Mais je voudrais le faire.

Le praticien se concentra un instant sur ce qu'il venait d'entendre. Puis il continua :

— Entendu. Quand voulez-vous faire le test ? interrogea Bishop.

— Quand tu veux, Graig. Tout de suite, si tu as le temps.
— D'accord, nous allons le faire maintenant. Mais tu sais, Helen, le test de Q.I. que tu as fait ne sera pas du tout le même que celui de Malcolm. Il faut tenir compte de l'âge de l'enfant.

Bishop se tut, se leva de sa chaise et se déplaça jusque devant une sorte d'armoire à tiroirs. Il en tira un, celui qui était tout en bas. Un raclement se fit entendre. Il retourna un peu les dossiers qui s'y trouvaient et en sortit un classeur. Il se saisit d'une feuille, remit le reste dans le tiroir et poussa ce dernier avec son pied pour le refermer. Il se rassit confortablement et avala sa salive, puis reprit la parole :

— Voilà, j'ai le test de Q.I. Écoute-moi bien Malcolm. Je vais te poser des questions. Tu trouveras qu'elles n'ont pas de sens mais tu dois me donner des réponses justes. Tu dois rester sincère sans inventer des réponses, cela fausserait les résultats, expliqua le psychologue.

— Dis ce qui te vient à l'esprit, reprit Helen.
— Es-tu prêt Malcolm ? Concentre-toi bien, fit Bishop.
— Oui, vous pouvez y aller, répondit Malcolm.

Et le petit garçon resta bien gentiment assis sur sa chaise en écoutant les questions qui défilaient à son oreille. Il y répondit avec le plus de sérieux possible. Il trouvait cela amusant que quelqu'un, enfin, le prenne pour un adulte.

Bishop termina ses questions, il avait pris soin de noter chaque réponse. Un silence de quelques instants traversa la pièce. Bishop était plongé dans les résultats du test. Il faisait le total des points. Très vite, les chiffres sur le papier s'additionnèrent. Il fit le total, son visage changea, il paraissait affecté par un évènement troublant. Il refit le calcul, puis s'exclama calmement :

— Eh bien... D'après ce test... Les résultats donnent une

moyenne aux alentours de 180. C'est incroyable ! Je n'ai jamais vu cela ! fit-il très surpris.

— C'est vrai ? Je n'arrive pas à y croire ! Puis-je voir la feuille, Graig ?

— Oui, tiens, dit-il en tendant la feuille.

Helen relut plusieurs fois les questions, les réponses et le bilan. Tous les regards se posèrent sur Malcolm, plein d'interrogations. Ne comprenant pas ce qui se passait, il demanda des explications :

— Qu'est-ce qu'il y a ? Pourquoi me regardez-vous ? s'enquit le jeune enfant.

— Tu as très bien réussi le test, Malcolm.

— C'est bien, fit Helen en prenant son fils sur ses genoux.

— Tu as un Q.I. supérieur à la normale, tu es un surdoué. Tu es capable de faire de grandes études et de réussir dans la vie, fit remarquer le psychologue.

— Cela veut dire que je suis comme toi, maman ?

— Oui, Malcolm.

Il y eut un moment de complicité important entre la mère et son fils. Helen serra tendrement son fils dans ses bras et dit :

— Voilà pourquoi tu n'étais pas bien. Le test explique tout maintenant.

Le temps s'écoula, la petite famille reprit ses esprits. Helen ne s'était encore jamais sentie aussi proche de son fils qu'à cet instant présent. Malcolm était fière de voir que sa mère était en admiration devant lui. À vrai dire, il ne s'était jamais senti aussi heureux de toute sa vie. Malcolm resta sur les genoux de sa mère puis il s'exclama :

— Cela veut dire que je suis plus fort que les autres ? Comme dans Dragon Ball ? questionna Malcolm.

— Non, pas du tout, tu es comme les autres. Tout se passe dans ta tête, réfuta Bishop.

— Mais tu ne dois pas t'en vanter, reprit Helen.

— Écoute-moi bien Malcolm. Dans un an, tu vas rentrer au cours préparatoire où tu apprendras à lire et à écrire. Si tu ne fais aucun effort pour étudier, tu n'arriveras à rien dans la vie. Il est important que tu restes concentré et très attentif à ce que ton maître d'école te dira. D'accord ? interpella le psychologue.

— Oui, je le ferai, répondit Malcolm.

— Maintenant, je voudrais parler avec ta maman, seul.

— Attends-moi dans le couloir, Malcolm, s'il te plaît, dit Helen.

— Nous n'en avons pas pour longtemps, termina Bishop.

Helen se leva et accompagna son fils dans le couloir du cabinet. Après quoi, une discussion importante commença entre les deux adultes. Bishop donna des conseils. Il fit comprendre à Helen que Malcolm ne devait pas être élevé comme un enfant « classique ». Il lui faudrait beaucoup d'attention et son éducation risquait d'être quelque peu difficile. Helen ne se fit pas d'illusions, elle savait qu'elle rencontrerait des difficultés importantes.

Pendant ce temps, le petit Malcolm rôdait dans le couloir. Il était seul et cherchait une occupation pour faire passer le temps, qui lui semblait long. Il s'arrêta devant une affiche. Certes, il était trop petit pour la voir en face, donc il pencha la tête en arrière et put néanmoins l'observer avec attention. Il s'agissait d'un tableau, Malcolm n'en connaissait pas le peintre. Il entendit un bruit de pas près du bureau. Très vite, il tourna la tête dans cette direction. Helen apparut à sa vue, elle le regarda avec un sourire de compassion. Le psychologue ouvrit la porte pour les laisser sortir. Il salua Helen et Malcolm. Au retour, quand ils marchèrent dans les rues piétonnes, ils repassèrent devant les vendeurs africains.

Malcolm regarda le même africain qu'il avait vu à l'aller et lui dit :

— Bonjour, monsieur. Vous allez bien ? questionna Malcolm.

— Oui, je vais bien. Merci, mon garçon. Sois bien gentil avec ta maman, répondit la personne.

Helen ne s'attarda pas. Malcolm semblait joyeux, il avait apprécié l'entretien qu'il avait eu avec son psychologue. Ils rentrèrent chez eux, apaisés par ces nouvelles.

Chapitre V

Les premières visions

Il était sept heures du matin. Richard vint tirer le jeune Malcolm de son profond sommeil. Celui-ci cogita quelques instants, après quoi, il décida de se lever. Il se mit debout laborieusement, les yeux légèrement entrouverts. Il percuta le bureau qui se trouvait sur le chemin entre le lit et la porte. Son pied droit et sa petite épaule avaient été touchés par le bois en chêne. Il se mit à pleurnicher. La journée commençait bien ! Il s'assit sur la moquette, attrapa son pied blessé avec ses mains et frotta l'endroit qui avait pris un choc afin de faire passer la douleur déchirante. Après quelques dizaines de secondes, le mal s'estompa. À présent, il ne sentait plus rien. Il pouvait commencer sa toilette. Il sortit par la porte qui avait été laissée entrouverte par son père. Il marchait dans le couloir quand son père l'interpella :

— Bonjour, Malcolm, s'exprima son père en s'abaissant pour embrasser son fils.

— Bonjour, papa.

— Veux-tu que je t'aide pour faire ta toilette ? s'enquit le père.

— Non merci. Je suis grand maintenant. Je prends le tabouret.

Le père et le fils se quittèrent. Richard partit dans la salle de bains, qui communiquait avec sa chambre. Helen dormait à poings fermés. Malcolm se dirigea vers celle qui était réservée à sa sœur Emma et à lui. La porte était légèrement ouverte et la lumière brillait déjà. Cette lueur permit au jeune garçon de s'orienter à petits pas.

Il poussa la porte et aperçut sa sœur qui s'y trouvait déjà. La fillette était en train de se coiffer. L'enfant entra dans la pièce d'une quinzaine de mètres carrés. Les motifs du carrelage ressemblaient à du lierre formant une sorte de losanges. Chaque figure était reproduite à l'infini sur le carrelage. La moquette était d'un rouge clair avec de tout petits points jaunes qui permettaient au sol de paraître quelque peu orangé. Le frère et la sœur se saluèrent.

Emma venait de finir sa toilette. Le garçonnet attrapa le tabouret situé en face du lavabo, contre le mur. Le meuble où se trouvait la vasque était collé à la baignoire qui, elle, n'était pas contre le mur mais insérée en biais, diminuant quelque peu la superficie de la pièce. Le garçon vint déposer le tabouret en plastique devant le lavabo. Il posa ses mains dessus et grimpa afin de se mettre debout. À présent, il était suffisamment grand pour atteindre le robinet. Il l'actionna et positionna le manche sur le côté gauche pour recevoir de l'eau chaude. Il tira le tuyau, l'eau coula à flots. Il plaça sa main droite sous le torrent d'eau et remarqua que la chaleur y régnait. Sa sœur s'était servi du robinet, donc de l'eau chaude s'y trouvait déjà. Malcolm attrapa son gant de toilette d'une couleur ocre, assorti d'une petite boucle permettant à ce dernier de s'accrocher contre le mur. Il posa le tissu sur le bord de l'évier. L'enfant plaça ses mains sous l'eau afin de les réchauffer. Cela lui fit du bien, le froid de la maison avait glacé ses doigts. Ensuite, Malcolm empoigna le gant de toilette. Il le plaça sous le ruissellement de l'eau pour l'humidifier. Il prit le savon qui se trouvait non loin de lui et le frotta contre le gant imbibé d'eau. Il posa le gant savonneux contre son visage et le frotta contre son front et ses joues. Après quelques mouvements, son visage était nettoyé de la nuit. Il rinça le gant comme sa maman lui avait appris et le raccrocha sur le crochet, prévu à cet usage. Il se rinça ensuite le visage avec cette eau douce et chaude pour ôter tout le savon.

Malcolm extirpa un peigne d'un bac où se trouvaient beaucoup d'autres brosses. Il se coiffa mais il ne parvenait pas à défaire les nœuds. Sa sœur décida de l'aider. Elle empoigna la brosse et se mit à le coiffer. À chaque coup de peigne, Malcolm grinçait des dents en signe de douleur. Ses cheveux rebiquaient quelque peu. Emma ouvrit le robinet pour les mouiller.

D'un seul coup, Helen apparut dans la pièce. Emma stoppa net ce qu'elle était en train de faire. Un dialogue s'instaura :

— Bonjour les enfants ! fit-elle en les embrassant.

— Bonjour maman, répondirent-ils.

La mère saisit la brosse des mains de sa fille et expliqua à Emma :

— C'est gentil d'aider ton frère. Je vais continuer.

Helen se mit à coiffer son fils en démêlant les nœuds produits par la nuit. Elle le faisait avec douceur. Pour éviter que la brosse ne se bloque dans les amas de cheveux en provoquant une douleur au garçon, Helen en tenait la base pour ne pas tirer sur la racine. Après quelques minutes, l'enfant fut coiffé. Il ne restait plus qu'à les sécher. La mère empoigna le sèche-cheveux d'une main et, de l'autre, elle prit une brosse spécialement prévue pour lisser les cheveux.

Le travail était terminé et Helen invita les enfants à venir prendre le petit-déjeuner mais Malcolm répondit :

— Maman, je ne suis pas encore complètement habillé !

Pour faire gagner du temps au garçonnet, Helen l'aida à s'habiller, surtout à enfiler son pull car il avait toujours du mal à le mettre. Emma faisait son sac d'école quand Malcolm et Helen arrivèrent dans sa chambre :

— Tu viens petit-déjeuner Emma ? s'enquit la mère.

— Oui, j'arrive tout de suite maman, répondit la fille.

La mère et le fils descendirent tous deux les marches de l'escalier, main dans la main. Emma n'était pas loin derrière. Tous les trois se dirigèrent vers la cuisine. Richard était déjà installé. Il se retourna et aperçut sa femme et ses enfants. Puis, il dit en regardant Helen :

— Je suis en train de faire chauffer le lait pour leur chocolat chaud.

— Installez-vous sur votre chaise, insista Helen auprès des enfants.

Malcolm et Emma s'assirent en patientant modérément. Helen sortit trois bols, un pour Richard et les autres pour les bambins. Le père demanda à sa femme :

— Déjeunes-tu avec nous ?

— Non, mon chéri. Je déjeunerai plus tard, expliqua Helen.

Elle dénicha également un pot rempli de confiture de fraises. Elle déchargea le contenu de ses mains sur la table de la cuisine devant le nez des jeunes enfants. Elle sortit du placard du pain brioché et saisit une petite cuillère et deux couteaux, l'un suffisamment aiguisé pour couper et l'autre non tranchant. Elle les posa également sur la table. Elle ouvrit le frigo et se saisit d'une boîte qui contenait du beurre. Elle s'assit sur une chaise et sortit la brioche de son plastique. Elle sectionna quatre belles tranches à l'aide du couteau. Puis elle les aligna, fraîchement coupées, sur une ligne imaginaire. Elle répartit le beurre sur les tranches. Ensuite, elle tourna le couvercle du pot de confiture. Elle trempa la cuillère à l'intérieur de façon à y sortir une certaine quantité de confiture. D'un ton rouge foncé, elle fut étalée sur les tartines de beurre. Les deux premières tartines étaient faites quand elle en tendit une à chacun, puis elle acheva les deux autres.

Richard remplit les tasses de chocolat chaud et partit chercher le lait. Il versa le contenu blanc dans chacun des deux bols. L'autre, pour le père, serait bientôt rempli de café bien corsé. Richard vint déposer des morceaux de sucre dans chacun des bols. Les morceaux blancs furent rapidement imbibés par le liquide. Malcolm trempa sa tartine dans le bol. Cette opération rendait la brioche plus tendre et aidait à la mastication. Les enfants reçurent une deuxième tartine chacun. Après les avoir avalées, ils burent le contenu du bol. Ils s'étaient régalés. Richard, après avoir avalé deux Chocorems à son tour, versa son café dans le dernier bol et le but presque instantanément. Helen reprit :

— Voulez-vous encore manger quelque chose ?
— Non merci, maman, répondirent les enfants.
— Allez chercher votre sac d'école. Je vais vous préparer votre goûter pour la pause de dix heures, ajouta-t-elle.

Les enfants se levèrent chacun leur tour. Malcolm quitta la cuisine avec sa sœur. Ils montaient les escaliers et se séparèrent, chacun se dirigeant vers sa chambre. Le sac d'Emma était fait, mais celui du garçon ne l'était pas.

Malcolm n'était jamais prêt, sa chambre était toujours en désordre, il ne rangeait jamais rien, c'est sa mère qui s'en occupait. En entrant dans sa chambre, il n'alluma pas la lumière. Il pensait que l'éclairage du couloir suffirait pour guider ses pas. Il marcha sur une petite voiture qui traînait dans le passage. Les morceaux de plastique qui servaient de fenêtre à la voiture se disloquèrent littéralement du fait du poids de son corps. L'enfant cassait souvent quelque chose, contrairement à sa sœur qui était bien ordonnée et soigneuse, ne brisant ou n'égarant jamais rien.

Puis, il attrapa son sac vide. Il lui fallait à présent le remplir. Ses dessins et ses crayons de couleur étaient étalés sur le bureau. À l'aide de sa main, il les rassembla en formant un petit tas. Les feuilles et les couleurs étaient entremêlées. Il sépara les différents éléments et inséra le papier dans la poche principale de son cartable. Il y introduisit les crayons en vrac, dans la poche avant. Soudain, son père entra dans la chambre, alluma la lumière et rétorqua :

— Quand tu rentres ce soir, je veux que tu me ranges cette chambre, c'est un vrai cirque !

Malcolm ne répondit pas. Son visage changea. Il devint contrarié mais ne dit rien. Probablement que sa chambre serait toujours autant en désordre le soir. Le garçon ferma son sac, son père partit.

Malcolm descendit dans le salon avec son sac à la main, sa sœur attendait. Helen arriva devant eux le sourire aux lèvres. Elle leur donna le goûter tant attendu, emballé dans du papier d'aluminium. Chacun leur tour, les deux enfants le placèrent dans leur sac d'école. À présent, il était temps de partir. Les enfants hissèrent leur sac sur leur dos pendant que Richard partait ouvrir le garage. Helen accompagna Malcolm et sa sœur vers la voiture. Le garçon passa sa main sur la tête du chien qui remuait la queue.

La mère de famille embrassa ses enfants en leur souhaitant une bonne journée. Malcolm monta à l'arrière de la BMW, sa sœur à l'avant, cette dernière étant maintenant assez grande pour aller sur le siège du passager à côté du conducteur. Richard fit démarrer l'automobile et enclencha la première. Les deux époux s'embrassèrent puis la voiture se mit à rouler en direction de la sortie. Malcolm se retourna et salua sa mère avec un geste de la main. Ils dégringolèrent la côte raide de la propriété et sortirent dans l'impasse. Emma appuya sur le bouton actionnant la radio. À ce moment, ils roulaient en direction du cabinet médical, mais sur le chemin, le père déposa ses enfants à l'école.

Ils arrivèrent devant l'établissement. Richard gara la voiture non loin de l'entrée. Les enfants vinrent déposer leurs lèvres sur les joues de leur père. Ils déployèrent les portes avec une force enfantine. Malcolm dut la pousser à plusieurs reprises tellement il avait du mal avec ses petites mains.

Ils entrèrent dans la cour. Tandis que Malcolm pénétrait d'un côté pour rejoindre ses camarades de la maternelle, Emma entrait d'un autre côté pour retrouver ses copines de l'école primaire. Le frère et la sœur se saluèrent brièvement. Malcolm retrouva tous ses camarades de classe en échangeant avec eux des poignées de main comme le font les adultes. Un enfant prit la parole :

— Salut Malcolm. As-tu fini le dessin qu'il fallait faire pour aujourd'hui ?

— Non. Je n'ai pas eu le temps, expliqua Malcolm.

— Tu n'auras pas de bon point ! répondit Mike, son copain.

— Je m'en moque ! lança-t-il.

Malcolm se dirigea vers sa petite copine, Amanda. Il attrapa sa main et lui offrit un tendre baiser sur la bouche. C'était la première fois qu'il osait faire cet acte. Ils n'avaient encore jamais essayé de s'embrasser ainsi. Sur un coup de tête, le garçonnet avait réalisé l'impensable, il l'avait fait, il ne pouvait plus faire marche arrière. C'était la première fois qu'il embrassait une fille. Il rougit et attira l'attention de ses camarades qui rigolaient. C'était devenu la mode chez les garçons de sa classe d'embrasser des filles sur la bouche. Les deux amoureux ne se dirent presque pas un mot. Ils se séparèrent comme ils étaient arrivés. Ils ne savaient pas encore comment se comporter en tant que couple, trop jeunes pour connaître cette discipline qu'est l'amour. Malcolm vint rejoindre ses camarades qui n'arrêtaient pas de ricaner. Mike demanda :

— Alors, c'était bien ?

— Trop bien ! Je suis heureux, s'exclama avec joie Malcolm.

— Tu es rouge comme une tomate ! répondit Mike en rigolant.

L'aiguille de la montre frôlait les huit heures, heure à laquelle les cours débutaient. Le maître d'école interpella les enfants :

— Rangez-vous devant la porte, on va entrer en classe. C'est l'heure ! D'un côté, je veux voir mes élèves, de l'autre ceux de madame Cooper.

Tous les jeunes enfants prirent place devant le bâtiment. Ils s'alignèrent par deux, se tenant la main. Malcolm prit celle d'Amanda sans la regarder. Une complicité semblait naître entre les deux enfants. Sans un mot, ils regardaient devant eux. Le maître d'école dit d'un ton menaçant :

— Mike ! Range-toi immédiatement !

Mike prit rapidement place dans le rang. Jackson ouvrit la porte et commença à rentrer dans le couloir. Les élèves suivirent en chuchotant doucement :

— Taisez-vous ! ordonna Jackson.

Jackson enfonça la clé dans la serrure et la tourna avec

attention. Il poussa la porte. Les enfants pénétrèrent dans la salle. Jackson actionna l'interrupteur qui fit allumer la lumière. Il demanda aux enfants de s'installer sur leur chaise. Malcolm et Amanda ne s'installèrent pas l'un à côté de l'autre, tous deux retrouvèrent leurs amis et amies. Puis Jackson s'exclama devant les élèves de maternelle :

— Sortez les dessins que vous deviez faire pour aujourd'hui. Et venez les déposer sur mon bureau, je reviens dans quelques secondes.

Jackson s'absenta un très court instant dans une autre salle. Les élèves avaient profité de l'occasion pour papoter. Dans la classe, c'était le bazar. Ils étaient debout et discutaient abondamment les uns avec les autres. Malcolm gribouillait sur le tableau avec une craie bleue, il dessinait des âneries quand Jackson le surprit en flagrant délit. Jackson s'énerva :

— Vous vous moquez du monde ! Je m'absente une minute et vous en profitez pour bavarder. Malcolm, assieds-toi, hurla-t-il.

Le garçon galopa pour retourner sur sa chaise. Le maître le foudroya du regard et lui lança :

— Malcolm, tu vas au coin pendant cinq minutes, exigea-t-il.

L'enfant rechigna quelque peu, puis il se leva de sa petite chaise et se dirigea dans le coin le plus proche.

— Et tu regardes le mur ! ordonna Jackson à Malcolm.

Le maître se saisit des œuvres des enfants sur son bureau. Il leur expliqua la consigne de l'activité qui allait suivre. Ils devaient reproduire au mieux le visage de la personne qui leur était la plus chère au monde. Les travaux se feraient au crayon de couleur, expliqua Jackson. Puis il se dirigea vers Malcolm :

— Je viens te chercher quand les cinq minutes seront passées, dit-il avec un ton plus clément.

Jackson se tourna vers les élèves qui semblaient travailler plus sérieusement. Il les aida à faire leur nouveau dessin.

Cinq minutes passèrent quand Jackson revint devant Malcolm et lui dit :

— Si tu es calmé, tu peux revenir à ta place pour commencer ton dessin. Mais que je ne t'y prenne plus. M'as-tu compris ?

— Oui, maître, répondit l'enfant avec peur.

Pendant que le maître faisait l'appel, Malcolm se posta devant la table. Il sortit ses crayons de couleur mais n'avait pas de feuille vierge. Il regarda autour de lui avec une certaine inquiétude à la recherche d'une feuille blanche. Plusieurs enfants se trouvaient sur la même table que lui. Malcolm se mit à leur parler :

— Mike, aurais-tu une feuille pour que je puisse faire mon dessin ? S'il te plaît ! s'enquit Malcolm.

— Non. Désolé, c'est ma dernière, répondit Mike avec sa voix aiguë de garçonnet.

Malcolm se tourna vers une petite fille et demanda :

— Aurais-tu une feuille pour moi ? S'il te plaît.

La fillette sortit de son sac une feuille vierge et la lui offrit sans lui faire de reproches. Malcolm empoigna un crayon et commença à dessiner. Il tenta de réaliser le portrait de sa mère, chère à son cœur. Tant bien que mal, il réussit à la reproduire le mieux qu'il pût. Il s'était appliqué, bien que cet exercice fût relativement compliqué pour un enfant de son âge.

Pendant ce temps, Jackson qui se trouvait à son bureau, notait les dessins des enfants. Il s'arrêta sur celui de Malcolm. Il n'était pas fini, comme souvent d'ailleurs. Jackson lui mit une mauvaise appréciation : « Cela lui apprendra », pensa-t-il.

Il était l'heure de la récréation, une sonnerie retentit aux oreilles du maître d'école et des enfants. Ceux-ci arrêtèrent brusquement de dessiner. Jackson se leva de sa chaise et leur dit :

— Du calme, les enfants. C'est l'heure de la récréation. Je veux que vous vous rangiez dans le couloir en rangs par deux en vous tenant la main.

Les écoliers se levèrent brusquement, surexcités. Quelque temps après, la classe se retrouva alignée dans le couloir tel un peloton de soldats. Le maître, Jackson, était en tête des rangs. Il commença à marcher en direction de la sortie. Il ordonna aux jeunes enfants de le suivre, chose qu'ils surent très bien faire, en y mettant de l'enthousiasme.

Ce jour-là, Malcolm était rentré de l'école plus tôt que prévu. Sa mère était venue le chercher en milieu d'après-midi parce qu'il ne se sentait pas très bien. En réalité, il ressentait quelque chose d'étrange. En ce début d'automne 1991, le froid n'arrangeait rien. Sa mère contacta son père par téléphone à son cabinet médical pour qu'il ne tarde pas à rentrer afin d'examiner le petit. Même s'il ne semblait pas trop mal en point, elle s'inquiétait.

Le père rentra au foyer familial. Il examina l'enfant soigneusement et détecta un début d'angine. Le couple passa à table pour le souper. Malcolm s'assit avec eux mais il n'avait pas très faim.

Après le repas, sa mère s'installa devant la télévision pendant que Malcolm naviguait dans le salon allant une fois vers son père qui buvait son café du soir et une autre fois vers sa mère qui regardait l'écran.

La télévision diffusait un reportage sur la guerre du Golfe.

En effet, historiquement la deuxième guerre du Golfe prit fin officiellement en février 1991. Le dictateur, Saddam Hussein, était resté au pouvoir et la coalition avait quitté le pays. Le massacre des communautés kurdes et chiites avait été perpétré au printemps.

En entendant les paroles et les sons, Malcolm se rapprocha de la télévision. Au bout de quelques instants, il s'exclama :

— C'est Saddam Hussein !

— Ah mais, as-tu entendu parler de lui à l'école ? s'étonna Helen.

— Mais pas du tout, je l'ai vu à la télévision. Le président américain Bush va envahir l'Irak sous de faux motifs pour prendre le contrôle du pétrole. Son régime va tomber avec lui et Saddam Hussein sera pendu par la suite.

— Mais où vas-tu chercher cette histoire ? rigola sa mère.

Le père arriva et se mêla à la conversation :

— Enfin, Malcolm, Saddam Hussein ne va pas mourir, les Américains ont quitté le pays.

— Je vous parle de la troisième guerre du Golfe avec le fils Bush ! se fâcha l'enfant.

— Mais il n'y a pas eu d'autres guerres en Irak. Et le président américain George Bush n'a pas de père président, continua Helen.

— Le président que je vois dans le reportage a un fils, George W. Bush. Et il va envahir l'Irak.

Les parents de l'enfant ne comprenaient pas ses suppositions. Mais en réalité, le jeune Malcolm venait d'avoir une prémonition. Il venait de voir une page de l'avenir. La chute de Saddam Hussein au printemps 2003 était vue par un enfant de cinq ans, plus d'une décennie avant que les évènements ne se produisent. Nous étions en 1991.

Le jeune enfant voyait l'avenir tout comme des souvenirs qu'il aurait en mémoire. Grâce à ce don, une sorte de lien, un pont s'était créé dans le temps, le projetant dans ce qu'il verrait en étant adulte.

Comment Malcolm pouvait-il prévoir l'avenir ? Était-ce un don inscrit dans ses gènes ou bien un cadeau tombé du ciel ? Serait-ce une arme de défense contre un danger imminent ?

Chapitre VI

L'association

L'avocat venait régulièrement devant la sortie de l'école. Seul, il observait les enfants qui circulaient. Il semblait chercher à se souvenir de la tragédie de 1989. Il avait développé une névrose qu'il cachait bien à ses proches.

Maître Klaus Phalaris était né en 1943. C'était un homme de taille relativement imposante sans être trop grand. Il adorait être très élégant, c'est pourquoi il faisait en sorte d'être toujours bien vêtu. Il s'habillait généralement en costard, souvent sombre. Il portait des sortes d'imperméables, mais de bonne qualité. Il paraissait allergique à la poussière qui semblait lui procurer des démangeaisons nasales s'il en recevait malencontreusement sur lui.

Son intelligence était supérieure à la moyenne. Il était considéré comme un surdoué, avec un Q.I. d'environ 160. Sa mémoire, qui était incommensurable, lui avait permis d'apprendre tous ses livres de droit par cœur durant ses études.

La peau de son visage était assez ridée. De grandes joues tombantes, ressemblant plus à du plastique qu'à de la chair humaine, s'étaient formées. Son front était davantage marqué par les rides, sortes de cicatrices qui lui avaient été infligées par le temps qui passe. Son nez était bien lisse mais joufflu.

Ses cheveux noirs et gris témoignaient des années passées. Le temps, si subtil dans son déroulement, avait provoqué un léger blanchissement de sa chevelure. Mais ce qui le différenciait des autres, c'était sa grande barbe à l'impériale, avec une imposante moustache bien soignée.

Un jour, après avoir terminé un rendez-vous avec un client sur une affaire judiciaire, il quitta son cabinet d'avocat de Mycènes pour se rendre à Thèbes. Avec sa voiture, il se gara non loin de l'école maternelle de Thèbes, chose qu'il faisait depuis quelque temps et qui devenait une habitude inquiétante.

Il se posta dans la rue devant la sortie d'école et observa.

Son attention se porta sur un homme solitaire qui vadrouillait dans les alentours. Cet homme avait les cheveux foncés. Les enfants qui passaient à côté de lui le percevaient comme un grand monsieur. Un jour, Klaus décida de l'interpeller :

— Je vous observe depuis quelque temps déjà et j'ai remarqué que vous ne veniez pas chercher d'enfants à la sortie d'école !

— Mais, je viens repérer l'école pour y mettre mes filles l'année prochaine, réfuta l'individu surpris.

— Je ne vous crois pas. Vous regardez les enfants comme des proies. Je vois clair dans votre jeu. Vous êtes un prédateur. Je suis avocat, je pourrais vous dénoncer.

L'homme semblait bloqué devant les paroles de Phalaris. Ce dernier poursuivit :

— Mais vous allez pouvoir m'aider !

***

Après s'être croisés plusieurs fois à travers l'association de laquelle ils étaient tous deux membres, Klaus et cet homme sympathisèrent. Cette association s'avérait être une organisation apolitique rassemblant des personnes de haut rang dans la région. Les membres se retrouvaient plusieurs fois par mois pour discuter de sujets de leur choix.

Un jour, devant l'école maternelle, les deux hommes partirent se promener dans les rues avoisinant l'école. Ils semblaient avoir des intérêts communs qu'ils découvraient peu à peu. Klaus était déterminé. L'homme n'avait pas d'autre choix que de l'écouter. La promenade dura un moment. L'avocat parlait beaucoup. Ils s'arrêtèrent devant un marronnier quand Klaus l'interpella :

— J'ai le bras long. Je possède des uniformes de policiers et bien d'autres choses qui nous mèneront à nos fins. Nous allons nous introduire dans les demeures des enfants. Nous y ferons des doubles des clés. Ainsi, nous pourrons y revenir comme bon nous semble les fois suivantes. Si des chiens se trouvent dans ces maisons, nous les neutraliserons provisoirement avec des sédatifs que je détiens.

Klaus semblait avoir tout calculé. Mais que pouvait-il bien préparer ?

Chapitre VII

La recherche

Quelque temps après s'être endormi dans son lit, Malcolm se retrouvait d'un seul coup obligé de tenir debout. Il ne comprenait rien à ce qui lui arrivait, il était tellement fatigué par cette longue journée. La nuit se faisait agitée et il se trouvait dans une salle.

— Quel mauvais rêve ! Quel rêve bizarre ! Comment puis-je être conscient de mon rêve ? se demanda-t-il.

Il était en pyjama. Il aperçut certains de ses camarades qu'il parvint à identifier. Devait-il être gêné par sa tenue devant eux ? Il y avait une fille qui le connaissait, qu'allait-elle penser de son nouveau pyjama ? Enfin, ce songe ne pouvait pas être réel, ce n'était probablement qu'un mauvais rêve, mais cela restait étrange ; un homme était présent à côté de lui. Il le regardait, l'enfant dut se tordre le cou pour l'apercevoir, tellement il paraissait grand. Il avait l'impression que tout était réel, mais cette scène dépassait toute logique. Il n'y avait absolument aucune cohérence dans ce qu'il visionnait. Pas la peine d'essayer d'analyser cette situation.

Il se rendormit en pensant que tout irait mieux. Mais ses jambes restaient tendues. Du coup, il s'allongea pour dormir par terre. Demain, une longue journée l'attendait. L'enfant ferma les yeux malgré les pleurnicheries et les railleries qui formaient un bruit de fond trop réel.

Mais aussitôt, il fut très violemment secoué, il ne s'était endormi à peine qu'une seconde, même pas, que déjà un nouveau rêve apparut. C'était étrange, il était au même endroit, exactement le même, et immédiatement, sans qu'il reprenne ses esprits après un court instant d'assoupissement ; une force surhumaine le fit lever de la position allongée à debout. Cet homme le secouait pour qu'il se réveille. Il s'agissait d'Henry Hiéron, l'homme qui se trouvait souvent devant la sortie d'école pour regarder les enfants. L'avocat le faisait chanter, il avait menacé sa famille. Il était devenu son complice.

Maître Klaus Phalaris qui était dans la salle commençait à s'énerver contre le comportement du jeune Malcolm. Il considérait l'attitude du garçon comme insolente, un manque de respect envers son éminente personnalité et sa fonction. Il fit signe à Henry et dit :

Henry ! Fais le nécessaire !

Oui, maître, répondit Henry.

Presque instantanément, Malcolm reçut une baffe, une baffe qui lui disait : « Mon petit, tu ne rêves pas, la folie sous son état le plus extrême est là. »

Puis Malcolm osa l'impensable : il répondit à Henry et exprima son désaccord à Phalaris en lui montrant une expression volontairement provocatrice sur son visage. De toute façon, s'il était encore dans un rêve, il ne risquait pas de mourir. Mais à ce moment-là, il entraperçut sa propre peur dans le reflet de leurs regards. Le cœur du maître semblait glacial au point d'en ressentir le froid même dans son corps. Quant à Henry, son regard montrait de la soumission. Le regard, c'était bien le seul élément qui permettait à l'enfant de connaître les pensées des deux bourreaux.

Le maître reprit son travail. Il semblait très occupé, il y avait d'autres enfants devant sa table. Malcolm remarqua qu'il ne disposait pas d'un bureau comme en avait son maître d'école. C'était étrange ; il n'avait pas l'air à sa place ici. Pas de tiroirs, pas de planches de bois pour cacher ses jambes, non, juste une simple table avec quatre pieds se trouvait devant lui.

Malcolm commençait à avoir des soupçons sur la légalité de leurs actes. Il n'avait cependant aucune notion du temps, il ne savait plus quel jour on était. La scène se déroulait-elle en pleine semaine, durant le week-end, pendant les vacances ? Il n'apercevait pas même une montre ou une horloge.

Dans la salle, Henry Hiéron restait calme, dans un coin sans bouger, comme un observateur.

Ce qui attira l'attention de Malcolm, mis à part les pyjamas des autres enfants, c'était les volets clos. Il était impossible de voir où se situait l'astre solaire ou lunaire dans le ciel. Bref, impossible de trouver des repères dans cette scène qui se déroulait sous ses yeux, de laquelle il était témoin mais aussi acteur. Il n'y avait aucun moyen d'apercevoir la moindre microfente lumineuse à travers les volets.

Malcolm avait préalablement pris soin de marmonner des sons inaudibles qui ne formaient pas de mots cohérents. Ainsi, pendant qu'ils se concentraient pour essayer de comprendre ce que Malcolm disait, le garçon pouvait gagner du temps, quelques instants infimes, pour passer inaperçu, afin de se décaler vers l'autre côté pour regarder par la fenêtre à travers les volets. Il aurait pu y décerner une forme, un monument, un objet quelconque qui lui permettrait d'identifier le lieu où il se trouvait. Mais ces quelques instants étaient très vite passés, avant que les bourreaux ne comprissent la ruse. D'ailleurs, la réverbération de la lumière venant de l'intérieur sur les vitres, qui donnait l'illusion d'un miroir, l'empêchait encore plus de discerner le paysage extérieur. Il aurait fallu qu'il place ses petites mains sur la surface vitrée pour y former une sorte d'ombre. Il y aurait placé une partie de son visage afin d'y bloquer l'effet du reflet de la lumière et cela lui aurait permis de voir à travers. Mais les fenêtres étaient presque inaccessibles. Il lui fallait se tenir sur la pointe des pieds, voire sautiller pour arriver tout juste à atteindre le bas du cadre vitré. Ses soupçons étaient confirmés : les volets étaient trop fermés pour qu'il y ait une fente.

Ce comportement considéré comme une petite rébellion ne fut guère apprécié par les ravisseurs. Le maître ordonna le retour de l'enfant vers l'avant de la salle. En effet, il s'était éloigné plus vers le fond. À chaque nouveau rappel, l'enfant leur demandait de parler plus fort, avec une toute petite voix, dans le but d'empêcher les bourreaux de le comprendre. Ainsi, ils devaient lui demander de répéter. Il cherchait à gagner du temps, même des secondes supplémentaires. Mais tout se passait très vite, la colère des adultes venait se confronter à la peur du gamin, qui s'effrayait de la montée en puissance de leurs voix. Mais pourquoi ne voulaient-ils pas le laisser explorer l'ensemble de la salle ? Quel mal y avait-il à cela ? Ils semblaient s'inquiéter pour les deux autres portes qui étaient encastrées dans les murs. L'une d'elle était dans l'alignement de la porte qui avait permis aux quatre enfants d'entrer. Elle se trouvait sur le même mur et donnait sur le même couloir, elle ne semblait pas vraiment dangereuse pour le maître.

L'interrogation du garçon se porta alors sur une autre plaque en bois, contre le mur du fond, côté gauche. Que pouvait-il bien se trouver derrière ? En réalité, il s'agissait d'une porte de secours qui communiquait avec la salle d'à côté. Mais il ne savait pas encore si elle était ouverte ou non, pour prendre la fuite.

Henry vint chercher le garçon qui s'entêtait à rester dans le fond de la salle. Une petite poursuite eut lieu entre les deux. Malcolm se cacha sous une table pour empêcher l'adulte de l'attraper. Henry devait à chaque fois contourner les rangées pour tenter de l'attraper. Malcolm le faisait tourner en bourrique. Ce petit jeu dura l'espace de quelques dizaines de secondes, le bourreau n'arrivant toujours pas à attraper le garçon. Après quoi, il se mit en colère. L'enfant continuait à jouer sous les tables en criant :

— Non, non, laisse-moi tranquille, je ne fais rien de mal.

Malcolm recula une dernière fois pour atteindre une nouvelle rangée et se remit debout sur ses jambes. Il se tourna vers Henry. Malcolm pleura en le suppliant de ne pas lui faire de mal. Mais à ce moment, le maître intervint :

— Arrête, ça suffit ce cirque ! Il ne faut pas laisser de marques sur leur corps.

Cette scène se déroula sous les yeux effarés des autres enfants dans la classe, qui se regardaient sans comprendre ce qui se passait. Ils étaient complètement perdus, les pauvres.

Henry attrapa l'enfant par son pyjama au niveau de son épaule. Malcolm prit peur et, instinctivement, il se jeta en arrière en pensant qu'il allait se faire frapper. L'adulte recommença son acte avec plus de fermeté. L'enfant lui lança un regard de pitié pour qu'il ne lui fasse pas de mal, puis il ajouta :

— Le maître ne veut pas que vous me fassiez du mal, vous l'avez compris ?

Henry tira sur l'enfant. Malcolm s'accrochait aux chaises pour lui résister. Les chaises raclaient contre le sol faisant crisser les oreilles des ravisseurs. Le bambin dut renoncer à s'agripper à la chaise, il lâcha prise. Il marchait à présent en direction de l'avant de la salle où se trouvait le maître qui le contemplait avec énervement. Il s'était levé pour mieux voir l'enfant. Avec beaucoup de difficultés, Malcolm arriva devant lui. L'enfant chercha à sympathiser en lui répondant :

— Merci monsieur de l'avoir empêché de m'avoir fait du mal. Vous êtes gentil, vous au moins, fit-il en narguant Henry.

— Désormais, tu ne m'appelleras plus monsieur mais maître.

— Oui, monsieur le maître d'école, acquiesça le jeune enfant en cherchant à devenir l'ami de Phalaris.

— Laisse-nous maintenant, je dois parler avec d'autres enfants. Ce sera ton tour après, de discuter avec moi, expliqua-t-il à Malcolm en s'asseyant de nouveau sur une chaise.

L'enfant fut placé à l'écart et laissé à la merci de ses ravisseurs.

Pensant être devenu l'ami de l'avocat, il voulut jouer un sale tour à Henry. D'un seul coup, il se mit à courir en direction de la fameuse porte, contournant les rangées de tables en passant par le côté de la salle. Il était presque arrivé devant, quand le maître sursauta sur sa chaise. Henry se jeta pour le rattraper pendant que Malcolm riait, jouant avec le danger :

— Vous ne m'attraperez pas ! se moqua-t-il.

Il tendit le bras pour abaisser la poignée de la porte. À son grand soulagement, la porte s'ouvrit, faisant grincer ses trois charnières. Il pénétra dans cette nouvelle salle à explorer, semblant déjà la connaître. Elle était de taille comparable à la précédente avec des tables et des chaises de même type. Mais il faisait trop sombre pour que l'enfant aperçoive l'architecture intérieure. Il remarqua que les volets n'étaient pas fermés. Donc, rapidement, il sauta sur ses petites jambes pour tenter de regarder à l'extérieur. Au premier essai, il ne vit rien mais il retenta avec plus d'énergie.

C'est à ce moment qu'il aperçut une sorte de monument qui ressemblait à une grande église. Mais il fallait faire très vite car quelqu'un était derrière lui en train de courir à toute allure. Dans la précipitation, le traqueur venait de se cogner à une table, mais il ne pouvait pas s'arrêter pour faire passer la douleur, il devait poursuivre le pauvre enfant qui se trouvait maintenant dans l'autre salle. Enfin, Malcolm se résolut à fuir de toutes ses petites forces.

Maintenant, il n'était plus question de jouer avec le danger, ni de trouver un indice sur le lieu où il se trouvait, mais bel et bien de s'échapper de cet endroit cauchemardesque. Il savait à présent qu'il n'était pas dans un rêve, mais bien dans la réalité. Il n'y voyait rien du tout. Il n'y avait qu'un petit quartier de lune pour l'éclairer et cela ne suffisait pas pour lui indiquer son chemin. Il se servit de ses bras pour déterminer la position des meubles de la pièce. Il fallait faire vraiment très vite s'il voulait échapper à ses ravisseurs. Égoïstement, il ne pensait pas aux autres enfants laissés à leur sort. Mais en y réfléchissant, que pouvait-il bien faire en restant sagement dans la salle ? Par contre, s'il se sauvait, il pourrait peut-être interpeller des passants quelque part qui, eux, les aideraient tous en appelant les forces de l'ordre. Cette décision était donc sage de sa part.

Henry venait juste de rentrer dans cette salle assez obscure, lui non plus n'y voyait rien. Malheureusement pour le garçon, à cause de la lune qui illumina son pyjama, Henry l'aperçut. Malcolm venait presque d'atteindre la porte de sortie, il se trouvait au bout de la salle. Son instinct de survie l'aidait beaucoup pour le guider dans le noir. Enfin, avec sa main, il tâta la porte qui devait théoriquement l'emmener en direction du couloir. Il chercha pendant quelques infimes instants la poignée de porte. Il réussit tant bien que mal à l'ouvrir. En une fraction de seconde, il se retrouva propulsé par ses jambes à l'extérieur de la salle. Henry n'était pas loin derrière. Soudain, le maître apparut dans le couloir. Malcolm pouvait le voir car l'éclairage de la première salle illuminait quelque peu le couloir. Il prit peur, pourtant, il avait déjà parcouru la moitié du chemin. S'il avait continué dans cette direction, l'avocat l'aurait attrapé en lui barrant le chemin, il l'aurait saisi de ses grandes mains féroces pour l'empêcher de continuer sa fuite. Mais Malcolm comprit la ruse. C'est pourquoi il devait absolument rebrousser chemin le plus vite possible car l'autre homme était à sa poursuite. Il fallait faire très vite, le temps était compté.

Il courut de toutes ses forces dans le sens opposé au maître. Il atteignit la porte quand Henry sortait, et passa à travers les mailles du filet. Néanmoins, ces jambes étaient trop petites pour courir plus vite que lui. Malcolm se précipitait dans le couloir quand il aperçut un escalier. Il faisait noir, il n'y voyait presque rien. Seule la première salle renvoyait des rais de lumière. Il décida de tenter sa chance par l'escalier, qu'il gravit avec une énergie plus qu'enfantine, mais c'était bête de sa part car en montant l'escalier il ne trouverait aucune issue. Il commença à monter les escaliers, quand très vite, une force obscure l'attrapa ; c'était la fin de sa fuite.

Malcolm cria de toutes ses forces en espérant que quelqu'un entendît son hurlement. Malheureusement, personne ne vivait dans ce lieu. La tentative de fugue arrivait à son terme, Malcolm n'avait pas réussi à atteindre l'extérieur.

Maintenant, il fallait attendre la punition pour l'acte qu'il avait commis. L'enfant pleurait d'avance. Il était porté par Henry qui le tenait fortement sous les bras, lui faisant mal. L'individu devait l'agripper de cette manière pour éviter qu'il ne reprenne la fuite, sans quoi, il serait obligé de refaire une course-poursuite dans le couloir. Il descendit l'escalier avec l'enfant dans les bras, puis il se dirigea vers la première salle. Le maître venait de rentrer pour surveiller les autres enfants qui restaient sans bouger, sans même comprendre ce qui se déroulait. En passant, Henry referma la porte.

— Cet enfant nous donne du fil à retordre, mais qui est-il ? pensa Phalaris.

Henry et l'enfant rentrèrent laborieusement dans la salle. Ils attirèrent l'attention des autres enfants, qui se posèrent des questions :

— Où sommes-nous ? Que faisons-nous ici ? Rêvons-nous ?

Le maître resta debout à regarder l'enfant rebelle. Malcolm tomba par terre et pleura en murmurant :

— Où sommes-nous ici ? Qu'est-ce que je fais là ? Je veux ma maman, où est-elle ?

— Comment t'appelles-tu ? Qui est ta maman ? Comment s'appelle-t-elle ? demanda le maître en s'agenouillant devant l'enfant en pleurs.

— Elle s'appelle Helen, vous la connaissez ? Moi, je m'appelle Malcolm, répondit le garçon en s'asseyant par terre.

— Non, mais tu me diras plus tard qui est ta maman. J'ai envie d'en apprendre sur elle. Tu comprends, je veux la connaître.

— Si le grand monsieur me fait encore du mal, je le dirai à ma maman, dit l'enfant.

— Mais ce n'est qu'un mauvais rêve, tout ceci n'est pas réel, feinta Phalaris.

— Mais pourquoi ai-je eu mal alors quand il m'a giflé ?

— Tu sais, nous pouvons avoir mal dans un rêve. Si tu te tiens tranquille à présent, Henry ne te fera plus peur. Je te le promets.

— Mais qu'est-ce que vous voulez ? questionna le garçon.

— Tu poses beaucoup de questions, toi. Tu as l'air intelligent, s'exclama le maître.

Puis il enchaîna :

— Vois-tu, il y a quelque temps, quelqu'un a fait beaucoup de mal à ma petite fille. J'ai beaucoup pleuré pour elle. Mais j'aimerais que tu m'aides à retrouver celui qui a fait ça. Es-tu d'accord ? rusa le maître.

— C'est un méchant qui a fait ça. Ensemble, nous allons le retrouver, dit Malcolm, sans se douter du danger imminent qui s'approchait de lui.

Le maître se releva calmement. L'enfant le voyait comme un homme bon et sincère, mais il se posait beaucoup de questions à son sujet. Il préférait se taire pour le moment car le maître semblait très occupé. Il appela l'un des enfants en lui demandant de s'installer sur la chaise. Le garçon avait environ cinq ans ; lui aussi avait été kidnappé quelques heures auparavant dans la nuit. Il s'apprêtait à dialoguer avec le maître. Qu'allait-il bien se passer ?

Le jeune garçon eut du mal à s'asseoir sur cette haute chaise d'adulte. Après un coup de force, ce dernier parvint finalement à s'installer dessus, ses jambes ne touchaient même pas le sol. Puis un dialogue avec Phalaris débuta :

— Mon petit, je vais t'aider à retrouver des souvenirs qui pourraient être enfouis dans ta mémoire. Si tu l'acceptes, je vais te parler, tu dois vraiment te concentrer sur ce que je vais te dire. Si tu as du mal à te laisser aller, je vais te donner quelque chose pour t'aider, expliqua le maître.

Ainsi, l'enfant écoutait le maître lui parler sans vraiment comprendre ce qu'il voulait de lui, mais il eut peur. Il était prêt à faire n'importe quoi pour éviter qu'il lui fasse du mal. Il n'opposait pas de résistance. L'avocat pouvait facilement le faire entrer en état d'hypnose afin de scruter sa mémoire. C'est ce qu'il commença à faire avec une très étrange habileté en lui disant :

— Maintenant ferme les yeux. Tu te sens incroyablement bien dans ta tête. Tu dois écouter ma voix avec attention. Ma voix est la seule chose à laquelle tu penses à présent. Je vais compter jusqu'à dix. Tu te retrouveras il y a deux ans, au mois de mai de l'année 1989, dans la cour de l'école...

Le maître compta lentement sur la même tonalité.

— Un, deux, trois, quatre.

— Cinq, six, sept, huit, neuf.

— Dix ! termina-t-il.

Henry regardait l'enfant avec attention.

La tête du garçon pencha en arrière. Henry avait les yeux grands ouverts, impressionné par ce que le maître venait de faire. Phalaris ne se laissait pas émerveiller par ce qu'il venait d'accomplir. Dans la foulée, il enchaîna avec fermeté, sans égard pour l'enfant :

— Où te trouves-tu ? demanda l'hypnotiseur.

— Je... je me trouve dans la cour d'une école, marmonna l'hypnotisé.

— Dans quelle cour te trouves-tu, mon garçon ?

— Devant mon école. Il y a beaucoup de lumière, expliqua l'enfant.

— Quelles sont ces lumières que tu vois ?

— Ce sont des lumières bleues qui clignotent de partout.

— Que vois-tu d'autre ? Quelles sont les personnes qui s'y trouvent ? demanda le maître avec impatience.

— Je vois des policiers qui nous parlent, je vois du sang à côté de moi.

Le maître sursauta de sa chaise avec joie et cria :

— C'est lui qui a tué ma fille, je t'ai retrouvé. Assassin ! fit-il comme un malade surexcité.

Puis, en appuyant ses poings sur la table, il reprit son calme et interpella l'enfant :

— Est-ce toi qui as fait du mal à une fille qui s'appelait Adeline ? Raconte-moi ce que tu lui as fait. Vas-y, n'aie pas peur.

— Je... je ne sais pas, répondit sincèrement l'enfant.

— Si ! C'est toi qui lui as fait du mal, concentre-toi sur elle, grinça des dents Phalaris.

— Je ne la vois pas, je ne sais pas qui elle est.

— As-tu été arrêté par la police ? As-tu été interrogé par la police avec ton papa et ta maman ?

— Non, c'est un autre enfant.

— À quoi ressemble cet enfant ? Est-il un de tes amis ?

— Je n'arrive pas à voir son visage, je ne le connais pas, raconta-t-il.

— Non, ce n'est pas possible. Quand est-ce que je le retrouverai ce sale gosse, cet assassin ! enragea le maître avec fureur.

— Je vais compter jusqu'à dix. Tu te réveilleras et tu ne te souviendras de rien, tu auras tout oublié.

Le maître enchaîna les nombres en regardant l'enfant comme s'il voulait le tuer pour ne pas avoir pu lui en dire davantage sur celui qui avait tué sa fille. Puis l'enfant se réveilla sans savoir ce qui venait de se passer.

Les autres dans la salle commençaient à chuchoter entre eux. Ils semblaient comprendre que ce qui se déroulait sous leurs yeux était totalement interdit. C'est pourquoi un autre enfant, assez rebelle, se mit à protester, en prétextant que les adultes devaient les ramener chez eux. Le maître constata ces petites rébellions et décida de mettre de l'ordre dans la salle. Il mentit aux enfants en expliquant qu'il était un maître d'école et que les enfants lui devaient le respect. Sans quoi il serait obligé de leur donner des punitions et des corrections. Puis, une idée lui vint à l'esprit. Il décida, pour montrer qu'il disait vrai, de les faire sortir dans le couloir.

Henry ouvrit la porte, les bambins suivirent le maître dans cette direction. Malcolm suivit le mouvement. Les jeunes passèrent la porte, tous dépassés par les évènements. Ils arrivèrent dans le couloir, le maître leur ordonna de se placer en rangs par deux afin de prendre le contrôle de la situation et leur lança :

— Nous sommes dans une école, je suis votre nouveau maître d'école, dépêchez-vous de vous aligner par deux.

Les enfants, pris de panique, ne cherchèrent guère plus loin et obéirent à Phalaris. Malcolm fit de même, il cherchait un camarade qui veuille bien se mettre avec lui dans le rang. Les quatre enfants se rangèrent dans un couloir sombre. Les chuchotements devenant agaçants pour les bourreaux, Henry ordonna le silence. Les enfants avaient peur de cet homme qui donnait à présent une nouvelle image de lui. Après quelques minutes à rester immobiles sur leurs jambes fatiguées par la nuit, le maître les fit entrer en silence dans la salle. Ils étaient toujours en rang, se tenant la main deux par deux, comme s'ils cherchaient à être rassurés en touchant la main de l'un de leurs camarades, pour se sentir plus forts.

Les enfants étaient maintenant retournés dans la fameuse salle. Ils étaient à présent plus disciplinés, pensant tous qu'ils avaient vraiment affaire à un vrai maître d'école qui faisait classe. Ils ne se posaient pas de question, ils ne se doutaient pas une seconde que leurs bourreaux commettaient de graves crimes. Malcolm les interpella :

— Si vous êtes un vrai maître d'école, pourquoi avons-nous classe en pleine nuit ?

— Un enfant, pour devenir intelligent et cultivé, doit avoir classe n'importe quand, que ce soit le jour ou la nuit. Ce sont vos parents qui m'ont demandé de vous faire cours. Si vous ne m'obéissez pas, je leur dirai et vous serez punis. M'avez-vous bien compris ?

Les enfants ne répondirent pas. Le maître reprit :

— Je n'ai rien entendu, m'avez-vous bien compris ?

— Oui, maître, firent-ils tous ensemble.

Maintenant qu'il avait interrogé un garçon, il observa attentivement les autres enfants qui peuplaient la salle. La nuit était passée très vite. Il décida d'arrêter de questionner les jeunes enfants. Il craignait que l'aube ne se lève. Pour lui, il était plus sage de ne pas poursuivre les séances. Il regarda Henry et lui dit :

— Maintenant, nous devons ramener les gosses chez eux, nous avons du travail.

— Mais tu ne les as pas tous interrogés. Il en reste encore deux qui n'ont pas parlé. Nous n'avons quand même pas pris autant de risques pour recommencer une autre nuit, interpella Henry.

— Avec moi, tu ne discutes pas, ramène les sur-le-champ. Tu m'as compris ? menaça Phalaris.

Henry se tut. Il semblait dérangé par les paroles du maître. Puis, il prit l'initiative de parler aux enfants :

— Vous allez retourner dans le couloir en vous mettant en rangs, main dans la main, et vous allez me suivre. Celui qui parle ou qui crie, je le dirai à ses parents, menaça-t-il.

Les enfants cessèrent de discuter et lui obéirent. Ils allèrent se placer dans le couloir. Henry sortit une lampe de poche de son pantalon, qu'il alluma rapidement. Puis il leur parla :

— Maintenant, vous venez avec moi dans le calme !

Henry se plaça devant les enfants et commença à marcher. Il faisait sombre mais la lampe éclairait suffisamment le sol pour guider les enfants dans leur marche. Le troupeau arriva devant l'escalier quand Henry se positionna à côté d'eux afin de s'assurer qu'aucun ne chute dans les escaliers. Ils commencèrent à descendre calmement et lentement les étages. Puis, juste avant d'arriver au rez-de-chaussée, une camarade de classe de Malcolm loupa une marche et tomba sur le sol. Heureusement que la fin des escaliers était proche, elle ne se blessa pas mais eut très peur et des larmes étaient perceptibles sur ses joues. Elle pleura quelques instants jusqu'à ce qu'Henry vienne la consoler. La fillette était allongée sur le sol et Henry se mit à genoux devant elle en essuyant ses larmes de chagrin. Il s'assura que la fillette n'était pas blessée et se calmait. En effet, qu'aurait-il fait si la petite fille avait eu des contusions sur le corps ? Un enfant qui est censé dormir ne peut pas se blesser dans son sommeil. Henry aida la fillette à se relever. Elle ne pleurait plus, elle allait mieux à présent, elle pouvait continuer son chemin.

Le groupe reprit donc sa route en direction de la sortie. Ils entrèrent dans un long couloir rempli de portes qui donnaient sur de nombreuses autres salles. Enfin, ils stoppèrent devant une petite porte qui donnait sur l'extérieur du bâtiment. Henry introduisit une clé dans la serrure, la tourna et l'ouvrit puis débita :

— Je ne veux pas entendre un mot. Compris ?

Ils sortirent sur le parking du bâtiment, tous en rangs,

main dans la main. Ils arpentèrent le sol jusqu'à arriver devant la voiture d'Henry. Il déverrouilla les serrures des deux voitures, la sienne et celle de Klaus. Il ouvrit la porte du coffre et annonça :

— Toi et toi, vous montez dans mon coffre. Toi et toi, vous montez dans l'autre coffre.

Les enfants hésitèrent, puis pris de vitesse, ils rentrèrent chacun leur tour dans le coffre, terrorisés. Henry passa à l'action et énonça :

— Les enfants, écoutez-moi. Je dois vous faire une injection pour vous aider à vous endormir. Ça ne fait pas mal, cela vous piquera juste un petit peu, lança Henry.

Puis il poursuivit :

— Vous avez intérêt à vous laisser faire et à ne pas crier ni pleurer. Sinon je vais sévir ! s'exclama Henry.

Ce dernier avait dans sa seringue une substance qui avait la faculté de provoquer des amnésies.

Henry baissa le pantalon de pyjama de Malcolm, puis lui fit une injection. Chacun leur tour, les trois autres enfants reçurent une piqûre dans les fesses afin de ne pas laisser de traces. Henry tremblait légèrement. Il claqua respectivement les deux coffres quand Phalaris le rejoignit en s'exclamant :

— Nous y allons, tu me suis jusqu'à Thèbes puis nous allons chacun de notre côté. Fais attention de ne pas faire de bruit quand tu rentres dans les maisons des gosses.

Les deux criminels s'installèrent dans leur voiture. Ils démarrèrent les moteurs et sortirent du parking. Ils empruntèrent quelques rues avant d'entrer sur l'autoroute. Henry suivait le maître, leurs voitures étaient espacées de vingt mètres, pendant que les enfants étaient enfermés à l'arrière du véhicule. Les drogues dans leur sang commencèrent alors à faire effet. Quelques instants avant de s'endormir,

Malcolm espérait qu'il y ait une patrouille de police qui fasse un barrage sur l'autoroute afin d'être sauvés des griffes de leurs bourreaux. Ils roulaient très vite sur l'autoroute. À cette époque, il n'y avait pas de radars automatiques et les patrouilles de police étaient rares. Au bout de vingt minutes, ils entrèrent dans Thèbes, déterminés à ramener les enfants chez eux. Ils s'arrêtèrent à quelques feux. Henry arriva devant le domicile de Malcolm. Il sortit de son véhicule, ouvrit le coffre, les deux enfants étaient profondément endormis par les drogues. Il porta le corps de Malcolm dans ses bras et rentra dans la propriété. Il sortit de sa poche un double des clés et actionna la serrure. Quelques instants plus tard, il se retrouva sans bruit dans la maison et monta les marches. Il déposa l'enfant dans son lit et lui remit la couverture en le bordant soigneusement. Il quitta les lieux, retourna dans sa voiture et fit de même avec l'autre bambin. Les enfants dormaient à présent profondément dans leur lit.

Chapitre VIII

Le souvenir

Le matin, à l'heure du réveil, les quatre enfants eurent beaucoup de mal à se lever, les drogues faisant encore un peu effet. Finalement, avec une certaine persévérance de la part de leurs parents, ils réussirent à se mettre debout. Ils ne se souvenaient de rien, ils étaient frappés d'amnésie, sans doute une amnésie totale. Certains des enfants se firent reprocher par leurs parents de n'avoir pas voulu dormir la nuit, mais ils ne pouvaient rien répondre à cela.

Les bambins arrivèrent en classe. Jackson aperçut des enfants fatigués. Malcolm et d'autres avaient du mal à rester éveillés. Ils étaient dans le gaz à cause des drogues. Le maître demanda aux bambins ce qu'ils avaient fait :

— Il faut dormir la nuit, s'exclama-t-il.

Les enfants ne savaient pas quoi lui répondre. Ils avaient tout oublié de cette nuit mouvementée et tragique. Quand le maître recommencerait-il ses agissements ? La nuit prochaine ? Le week-end suivant ?

Malcolm prit un crayon en main et dessina un personnage avec un ovale servant de corps, un cercle pour la tête, quatre traits pour les bras et les jambes. Il ne représenta pas de visage, comme s'il en cherchait un sans pouvoir le reproduire.

Le jour suivant, les victimes se sentaient mieux, les effets secondaires avaient disparu. Ils jouaient gentiment au jeu du loup dans la cour, devant le bâtiment de l'école : un enfant devait courir pour toucher un autre enfant qui, à son tour, devenait le loup et devait attraper un autre bambin et ainsi de suite. Ils s'amusaient tous. Malcolm n'était pas encore devenu le loup. Les enfants décidèrent de stopper leur jeu, ils étaient essoufflés par cette course. Malcolm monta sur les marches qui donnaient sur la porte d'entrée de l'école. Un camarade était avec lui. Un dialogue commença entre les deux amis :

— C'est encore toi le loup, si tu me touches, je vais le dire à l'autre maître, plaisanta Malcolm en voulant parler de Phalaris.

— Toi aussi tu connais le maître ? Il a l'air gentil, non ? répondit l'autre garçon sans se douter de la véritable signification de ce nom.

— Je crois que nous sommes copains lui et moi, fit Malcolm.

Apparemment, les drogues n'avaient pas fait totalement effet, il leur restait des bribes de souvenirs. Néanmoins, ils ne savaient pas que deux personnes qui font exactement le même rêve la même nuit était un évènement assez peu probable. Ils étaient trop jeunes pour le savoir. Pour eux, ce n'était qu'un mauvais songe comme il en existe beaucoup d'autres. Ils ne se doutaient pas une seule seconde de l'aspect étonnant de ce qu'ils venaient de raconter. C'était une chance qu'ils n'aient pas oublié ces souvenirs. Mais arriveraient-ils à les utiliser contre les bourreaux de l'autre nuit dont ils étaient victimes ?

Pendant ce temps, une petite fille rejoignit les deux copains qui dialoguaient :

— Et toi, connais-tu le maître ? s'enquit Malcolm.
— Jackson ? demanda-t-elle.
— Non, l'autre maître qui n'a pas de nom, interpella l'autre garçon.
— Ah non, je ne vois pas, répondit sincèrement la fillette sans se souvenir.
— Elle n'a pas fait le même rêve que nous, c'est dommage ! assura Malcolm.

Les élèves retournèrent en classe pour un cours de dessin. La matinée passa vite. Il était bientôt midi quand la sonnerie retentit. Les élèves sortirent joyeusement. Malcolm partit de l'école avec sa mère, l'air joyeux, sans se douter de ce qui s'était réellement déroulé la nuit d'avant. Il arriva chez lui, avec de la sueur sur le front, à cause de la côte qu'ils avaient dû grimper. Sa mère lui demanda comment s'était passée la matinée. Il lui raconta :

— Tu sais, maman, avec un copain, nous avons fait le même rêve la nuit.
— Ah oui ! C'est quoi ce rêve dont tu veux me parler ? demanda Helen.
— Nous avons rêvé d'un maître. Ce n'était pas Jackson mais un autre, expliqua le jeune enfant à sa mère.
— Ah bon, était-il gentil avec toi au moins ?
— Oui, Henry, un grand monsieur a essayé de me frapper quand le maître lui a interdit. Je crois que nous sommes copains, lui et moi.
— J'espère qu'il continuera à être gentil avec toi et à te protéger, répondit Helen en serrant son fils dans ses bras sans prendre son songe au sérieux.

Malcolm n'ajouta pas de commentaires. Pour lui, il ne s'agissait que d'un rêve comme un autre.

2ᵉ Partie

Chapitre I

La découverte

Plusieurs jours plus tard, maître Phalaris décida derechef de renouveler ses séances sur les enfants. La journée du samedi venait à peine de commencer. Il était peut-être une heure ou deux du matin, quand Henry se rendit au domicile de Malcolm.

Comme la fois passée, il avait en sa possession le double de clé de la maison du garçon. Il entra sur la pointe des pieds, gravit les escaliers et entra dans sa chambre sans bruit. L'enfant dormait à poings fermés, allongé sur le côté. Henry s'approcha de son lit en douceur et sortit de sa poche une seringue avec un mélange d'une drogue anesthésiante, amnésiante et d'un léger tranquillisant. Il retira lentement la couverture du jeune garçon et lui planta l'aiguille dans les fesses.

Pour éviter que Malcolm ne crie, il appuya fortement sa main contre la bouche de l'enfant. Après quelques instants à se débattre dans son lit, l'enfant s'assoupit sous l'effet des drogues.

Henry l'empoigna et le saisit dans ses bras. Il sortit de la propriété avec l'enfant. Il le déposa avec précaution dans le coffre de sa voiture qu'il avait préalablement ouvert. Ils étaient partis pour une nouvelle nuit tourmentée, voire cauchemardesque. Le maître découvrirait-il le lien qui existe entre Malcolm et sa fille ?

Henry Hiéron, après avoir roulé pendant les vingt minutes qui séparaient la demeure de Malcolm et la ville de Mycènes, arriva sur le parking où se trouvait Phalaris qui attendait avec impatience la venue des enfants dans le bâtiment pour un interrogatoire musclé. Ce dernier ferait tout pour retrouver l'auteur de la mort de sa fille, autant dire que Malcolm était dans de beaux draps. Henry sortit du véhicule, se mit debout et se dirigea vers le coffre où avait été laissé inconscient l'enfant, qui commençait légèrement à émerger. Il l'attrapa dans ses bras et se dirigea vers la porte du bâtiment. La voiture de Klaus Phalaris était également garée sur le parking, non loin du véhicule d'Henry, laissant songer que d'autres enfants s'y trouvaient déjà. Il ouvrit la porte et alla dans le bâtiment au premier étage pour rejoindre le maître. Les escaliers étaient difficiles à gravir avec le poids de l'enfant dans les bras. Néanmoins, Henry réussit à atteindre la salle à l'étage où se trouvait Phalaris. Henry actionna la poignée de la porte puis fit grincer les charnières. Le maître se trouvait assis. En face de lui, une petite fille était assise sur la chaise. Elle s'apprêtait à subir un interrogatoire.

Henry déposa Malcolm au sol. Il le secoua vivement, l'enfant émergea lentement. Il ouvrit les yeux et se redressa calmement pour s'asseoir par terre. Très vite, il contempla le milieu dans lequel il se trouvait. Il aperçut le maître et s'exclama joyeusement :

— Bonjour, monsieur le maître !

Le maître qui n'avait pas vraiment fait attention à son arrivée tourna soudainement la tête et porta son regard sur l'enfant qui venait de parler. Il était très étonné par ce qu'il venait d'entendre. L'air furieux, il regarda Henry :

— Comment est-ce qu'il a pu dire ça ? Est-ce que tu lui avais injecté les substances comme je te l'avais ordonné l'autre jour ? demanda l'avocat à Henry.

— Oui, bien sûr, je ne comprends pas. Comment peut-il se souvenir ? s'inquiéta Henry.

— Si tu ne fais pas ton travail correctement, je vais m'occuper de ton cas sérieusement, tu m'as compris ? menaça le maître.

— Oui, maître. Mais je n'ai pas commis d'erreur, je te le jure.

— Mais ce n'est pas grave, ce n'est qu'un rêve, et nous nous retrouvons tous dans ces rêves, fit l'enfant en se rapprochant de l'avocat.

Le maître passa outre. Avant de commencer l'interrogatoire de la fille, il changea brusquement d'avis et décida d'interroger le petit Malcolm qui se tenait à côté de lui et dit :

— Génial ! Je vais pouvoir parler avec vous, se réjouit l'enfant.

Phalaris l'invita à s'asseoir sur la chaise où demeurait la petite fille. Celle-ci descendit sur l'ordre de l'avocat. Elle marcha alors en direction du mur sous les fenêtres où elle s'assit à même le sol sans poser de question. Comme si elle acceptait cette injonction sans esprit critique. La place fut laissée à Malcolm. L'ascension de cette chaise d'adulte lui parut insurmontable, mais il ne ménagea pas ses efforts. En se donnant du mal, il réussit quand même à s'installer sur cette grande chaise, le regard posé sur le maître, le sourire aux lèvres. Phalaris l'analysa avec attention. Au moment des interrogatoires, le maître était toujours assis sur sa chaise devant la table. Puis un dialogue entre les deux s'instaura :

— Tu es le petit Malcolm, c'est bien ça ?
— Oui, et vous, vous êtes monsieur le maître, fit-il d'un ton joyeux.
Le maître resta sérieux et continua :
— Comment cela se fait-il que tu te souviennes de moi ?
— Parce que nous nous sommes vus dans le rêve précédent, expliqua Malcolm sans se douter qu'il ne s'agissait pas d'un songe.
— De quoi te souviens-tu exactement, mon garçon ? interrogea l'avocat.
— Je ne sais plus trop, je crois que ce monsieur a essayé de m'attraper, raconta-t-il en pointant Henry du doigt.
— À qui en as-tu parlé ?
— Bien, à ma maman, et nous en avons parlé avec un copain, fit-il.
Le maître fustigea du regard Henry et s'écria :
— Qu'as-tu fait l'autre jour ? Si tu ne leur fais qu'une demi-injection, je vais m'occuper de ta famille ! cracha le maître.
Phalaris reprit son calme et se retourna vers Malcolm qui changeait d'humeur et dit :
— Mon petit, si après ce rêve, tu as encore des souvenirs, tu ne dois en parler à personne. Sinon je deviendrai très triste et nous risquerons de ne plus continuer à être amis comme nous le sommes à présent, commenta l'avocat.
— D'accord, monsieur le maître, s'exprima le garçonnet.
— À présent tu ne dois plus m'appeler monsieur le maître, mais maître tout court, d'accord ?
— Oui, maître !
— Maintenant, nous devons parler de choses sérieuses tous les deux. C'est extrêmement important. Veux-tu bien m'aider ?

— Nous sommes copains, donc je vais vous aider ! dit avec joie l'enfant, heureux de rendre service.
— C'est gentil.
— Vous êtes vraiment un maître d'école ? s'exclama Malcolm.
— Plus ou moins, mais je suis surtout un philosophe. Sais-tu ce que c'est qu'un philosophe ? questionna Phalaris.
— Non, qu'est-ce que c'est qu'un philosophe ? Est-ce un gentil ou un méchant ?
— Les philosophes sont des gentils, comme moi. J'admire beaucoup un grand personnage qui s'appelait Nietzsche, Friedrich Nietzsche, expliqua gaiement le maître.
— Qui est-ce ? Était-il comme Hitler ? s'intéressa l'enfant.
— Oh, tu connais Hitler ! C'est bien, mais qui t'en as parlé ?
— C'est mon grand-père et ma maman. Ils m'ont dit que c'était un très méchant monsieur qui a tué beaucoup de gens. Tous ceux qui aiment Hitler sont des méchants. Et vous et ce « Nézt », aimez-vous Hitler ?
— Son nom est Nietzsche. Et non, nous n'aimons pas Hitler. Il a été stupide. Il a utilisé ce que Nietzsche disait pour en faire son idéologie. Mais Nietzsche n'aurait pas aimé Hitler. Moi, j'aime Nietzsche, et nous sommes des gentils, comme ta maman et ton papa.
— Alors ce « Nitz » n'a fait de mal à personne ? Mais était-il quand même plus puissant que vous ?
— Non, pas du tout. Attends, je vais t'écrire son nom au tableau. Mais, tu sais, je suis aussi très puissant, je connais beaucoup de personnes qui peuvent m'aider, narra l'avocat.
Vêtu de gants noirs, Phalaris attrapa un morceau de craie blanche sur le rebord du tableau. Et sur le bas de l'ardoise, tout en restant sur sa chaise mais en se tordant sur le côté,

il inscrivit les lettres : N-I-E-T-Z-S-C-H-E. En l'entendant, ce nom resta gravé dans la mémoire du garçon, puis la discussion continua :

— Mais, maître, je ne sais pas encore lire ! exposa le garçon.

— C'est facile, regarde ! N-I-E-T-Z-S-C-H-E. Retiens-le, articula-t-il.

Henry, qui fixait le maître, changea subitement de regard, comme s'il était profondément effrayé. Il semblait lâche devant Phalaris.

— En quelle classe es-tu ? s'enquit le maître à l'enfant.

— Je suis chez les grands en maternelle !

— Oh ! Tu es un grand garçon et tu as l'air très intelligent pour ton âge, s'étonna le maître.

Puis il poursuivit :

— Mon petit Malcolm, écoute-moi. Nous devons maintenant parler sérieusement. Je veux que tu te concentres. Dis-moi, de quoi te souviens-tu durant le mois de mai 1989 ? Où te trouvais-tu à ce moment-là ?

— Je ne sais pas, pourquoi ?

— Est-ce que c'est toi qui as fait du mal à ma fille ? demanda calmement le maître.

— Mais non, je n'ai rien fait, s'alarma l'enfant en se braquant.

La tension entre les deux individus commençait à monter. Le maître poursuivit :

— Je voudrais te faire entrer sous hypnose. Tu ne sais pas ce que c'est mais cela te permettra de te souvenir de ce que tu as fait pendant cette période.

— Euh, oui, hésita l'enfant sous la pression.

— Très bien, alors ferme tes petits yeux, et fais le vide dans ta tête. Ne pense plus à rien. Je vais te guider, n'aie pas peur. Je vais compter jusqu'à dix et tu ne feras plus attention qu'à ma voix. Tu seras comme endormi et tu ne penseras plus qu'à ce que je vais te dire.

Puis il compta :

— Un, deux, trois, quatre, cinq, six, sept, huit, neuf.

— Dix ! Maintenant remonte dans tes souvenirs jusqu'au mois de mai 1989.

Mais d'un seul coup, l'enfant ouvrit les yeux et lança :

— Je ne comprends pas ce que vous voulez.

Le regard du maître changea brusquement. Il était très étonné que l'enfant ne soit pas hypnotisé, puis il ajouta :

— Comment cela se fait-il que tu ne veuilles pas te laisser faire ? s'enquit Phalaris.

— Je ne sais pas, j'ai peur ! hésita-t-il avec crainte.

Le maître reproduisit les mêmes actes que précédemment, mais sans résultat. L'enfant s'obstinait à refuser d'entrer sous hypnose comme si, inconsciemment, il sentait le danger qui le menaçait. Son cœur lui disait de résister au maître. Une idée violente apparut dans la tête de Phalaris et il poursuivit :

— Ce n'est pas grave, mon garçon, je vais t'aider à te concentrer.

Il se leva de sa chaise, en la repoussant vers l'arrière et contourna la table. Il se plaça devant le garçonnet, bien gentiment posé sur la sienne. Phalaris fit un signe de la tête à Henry, posté debout derrière Malcolm. Henry comprit le geste, le maître lui tendit une seringue contenant du sérum de vérité. Henry réceptionna la seringue et la palpa de ses grands doigts. Il se remit en question un moment quand le maître s'approcha en le fixant. Henry hésita mais il comprit que le maître n'attendrait pas. Puis il dit à Malcolm en s'agenouillant devant lui :

— Écoute mon garçon. Tu ne dois pas avoir peur. Je vais te faire une petite piqûre de rien du tout. Cela va te permettre de te détendre et tu te sentiras mieux après, expliqua-t-il en saisissant le bras du garçon.

Mais aussitôt celui-ci tira son bras en arrière en signe de refus et dit :

— Mais non, je ne veux pas ! Pourquoi voulez-vous me faire une piqûre ? Qu'est-ce que j'ai fait ? chouina l'enfant.

Le maître s'interposa dans la discussion :

— Malcolm, tu n'auras pas mal. Si tu veux que nous restions amis, laisse-toi faire. Tu as tout à y gagner. C'est ta maman qui veut que ça se passe ainsi. Tous les jeunes enfants reçoivent des piqûres ! exagéra Phalaris.

— Mais vous ne connaissez même pas ma maman ! provoqua l'enfant.

— Pas encore, c'est vrai. Mais c'est l'école où ta maman t'envoie qui me demande de le faire. Tu dois l'accepter, c'est la vie ! narra-t-il.

Henry sortit un élastique de sa poche. L'enfant eut confiance dans les paroles du maître. Il fut trompé. La peur se laissait entrevoir sur son visage. Malgré quelques petites réticences, l'enfant finit tant bien que mal par se laisser faire car l'humeur du maître en dépendait. Henry prit le caoutchouc et entoura le bras de Malcolm au niveau de son biceps. Il fit un nœud qui provoqua l'arrêt de l'afflux sanguin dans le bras. Puis il retira le cache qui protégeait l'aiguille de la seringue et fit apparaître une pointe extrêmement fine.

Elle ressemblait à la plus petite des épingles. Sa taille ne devait pas dépasser un ou deux centimètres en longueur. Elle était absolument parfaite pour ne pas laisser de traces. Le lendemain, une microscopique petite tache rouge serait alors présente sur le bras de Malcolm, elle serait presque invisible à l'œil nu. Le tout serait qu'Henry s'applique dans son travail, sinon il pourrait y avoir un bleu. Mais même s'il y avait un bleu, et que des adultes le remarquent, ils n'imagineraient pas son origine, ils ne se poseraient pas de questions. L'impensable dépasse l'imagination.

Henry posa la fiole fermée par un capuchon sur la table. D'un ton jaune, sa couleur laissait penser qu'il s'agissait de penthotal. En effet, cette molécule est plus connue sous le nom de « sérum de vérité ». Avec cette substance, votre subconscient ne joue plus son rôle de barrage. Cet anesthésique de la famille des barbituriques, injecté par intraveineuse, d'action rapide, a été beaucoup utilisé dans les conflits, par exemple dans le monde communisme. Lors d'un interrogatoire, pour éviter de porter des coups sur un prisonnier et pour gagner du temps, les bourreaux utilisaient cette substance. Une minute après l'injection, le détenu se sentait comme anesthésié et il crachait les renseignements qu'il avait en tête, sa volonté ayant disparu. Pendant quinze à trente minutes, le détenu ne pouvait plus opposer de résistance, semblant comme brisé provisoirement. Mais cette substance peut également être injectée pour casser la volonté de refus d'entrer sous hypnose. C'est là que les seringues de Phalaris intervenaient. Si le sujet opposait une résistance, ce sérum de vérité faisait le nécessaire.

Ainsi, il enfonça la pointe dans le petit flacon. Il tira le piston en arrière, remplissant la seringue d'une quantité de produit. Il pressa le piston pour faire sortir les quelques bulles d'air de la seringue, qui pourraient être mortelles en cas d'injection. Il se remit à genoux à côté de Malcolm, saisit son bras et repéra une grosse veine. Il y appuya son doigt et vint poser l'aiguille au-dessus de son pouce. Lentement, il l'enfonça dans la peau jusqu'à atteindre le sang du vaisseau.

À ce moment-là, le garçonnet serra les dents et fit une grimace en signe de douleur. Henry poussa délicatement le piston jusqu'au bout de la seringue. À présent, le sérum était dans le bras, il ne pouvait plus faire marche arrière. Il ne le savait pas encore mais Malcolm était condamné par ce sérum.

Henry posa la seringue par terre et regarda l'enfant. Il lanterna, puis, sachant que le maître patientait, il attrapa les bouts de l'élastique. Il défit le nœud lentement. Henry remit le caoutchouc dans sa poche. Le sérum se répandit à présent dans tout le corps de Malcolm, atteignant l'épaule, le cœur, puis le cerveau, tout le cerveau. Le maître s'exclama avec joie :

— Voilà, mon garçon, c'est fini. Tu vois, ce n'était pas si difficile que ça finalement. Est-ce que cela t'a fait mal ? s'enquit le maître.

— Oui, et j'ai eu peur !

— Mais tu es un grand garçon maintenant, et tu es très courageux ! Ne me dis pas qu'une fessée de ton papa ne fait pas plus mal que cette piqûre de rien du tout ?

— Non, c'est vrai, articula Malcolm.

— Tu sais, je suis très fier de toi, expliqua le maître.

— Et maintenant, qu'est-ce qui va se passer ? interrogea l'enfant.

— Mais nous allons simplement discuter, tous les deux ! feinta Phalaris.

Henry se releva. Il se tenait debout entre Malcolm et le maître. Phalaris prit la parole :

— Reste bien tranquillement sur ta chaise.

Puis il marcha en direction de sa chaise, devant le tableau. Il s'assit et discuta calmement avec l'enfant :

— Alors, mon enfant, qu'est-ce que tu aimerais faire comme métier plus tard ?

— Je deviendrai gendarme pour arrêter les méchants.

— Mais c'est très bien. Moi, mon métier, c'est de mettre des méchants en prison, narra Phalaris.
— Mais alors, êtes-vous un gendarme ?
— Plus ou moins.
— Ouah !

Quelques minutes de discussion passèrent, le sérum faisait déjà effet. Le maître pouvait mettre en place la supercherie, et dit :
— Comment te sens-tu mon garçon ?
— Je me sens vraiment très bien, je suis prêt à parler de beaucoup de choses avec vous. De quoi voulez-vous que nous parlions ? De ma maman ?
— Pas vraiment. Es-tu maintenant d'accord pour que nous discutions du passé ? s'enquit Phalaris.
— D'accord, monsieur le maître, blagua l'enfant.
— Écoute, mon petit, nous devons rester sérieux.
— Oui, monsieur le maître, plaisanta Malcolm, drogué.
— Appelle-moi maître, insista l'avocat.
— Oui, répondit le garçon.
— Maintenant, je veux que tu fermes les yeux.

L'enfant accepta volontiers. Puis Phalaris continua :
— À présent, concentre-toi. Fais le vide dans ta tête. Ne pense plus à rien d'autre qu'à ma voix. Je vais compter jusqu'à dix.

Le sérum semblait faire effet : le garçon ne rouvrit pas les yeux, il était hypnotisé. Le maître pouvait scanner sa mémoire comme bon lui semblait. Il poursuivit la séance :
— Maintenant, remonte le temps jusqu'aux alentours du mois de mai 1989. Dis-moi, où te trouves-tu ?
— Je suis avec ma maman chez mes grands-parents.
— Que fais-tu ?
— Je suis en train de manger.

— Remonte encore le temps. Situe-toi dans la cour de ton école. Cherche une situation tragique dans cette cour. Que vois-tu ?

— Je vois deux copains qui se donnent des coups de pied. Notre maître les dispute.

— Rappelle-toi d'une petite fille qui est plus âgée que toi. Elle s'appelait Adeline. Elle était blonde et très belle. Est-ce que tu la vois ? Elle joue avec toi, n'est-ce pas ?

— Oui, je la vois !

— Très bien. Dis-moi, était-elle en bons termes avec toi ?

— Non. Elle se moquait de moi tout le temps, dit Malcolm.

Le regard du maître commença à changer, il semblait joyeux. Il insista :

— Est-ce que tu t'es déjà battu avec elle ?

— Oui, plusieurs fois. Elle était méchante avec moi. Elle me donnait des gifles.

— Tu dois savoir qu'elle est morte. Te souviens-tu du moment de sa mort ?

— Non, je ne sais pas, répondit sincèrement le garçon.

— Mais si, tu le sais. Réfléchis convenablement. Remonte le temps jusqu'à sa mort. Tout s'est passé dans la cour de ton école. Concentre-toi.

Le maître laissa quelques instants au garçonnet pour se replonger dans cette période. Ensuite, il persista dans son interrogatoire :

— Désormais, vois-tu des policiers dans la cour ?

— Oui, je les vois.

Phalaris serra les dents. Il s'acharna :

— Vois-tu son corps par terre, s'obstina-t-il.

— Oui, il y a du sang sur le sol, narra Malcolm.

— Remonte le temps et dis-moi, comment est-elle morte ? Dis-moi comment as-tu fait ?

— Elle était devant moi dans les escaliers...
— Oui, mais encore, fit le maître en se levant de sa chaise.
— Elle m'insultait et elle rigolait. Elle m'a giflé devant mes camarades, expliqua l'enfant.
— Et qu'as-tu fait ensuite ? demanda l'avocat avec le sourire aux lèvres.
— Je l'ai poussée fortement. Elle est tombée dans les escaliers. Elle ne bougeait plus. Je ne voulais pas lui faire de mal. J'ai beaucoup pleuré, avoua Malcolm.
— Non, tu l'as tuée avec des ciseaux ! hurla le maître.
— Je ne me rappelle pas, trembla l'enfant.
— Incroyable ! Je t'ai enfin retrouvé ; l'assassin de ma fille. C'est magnifique, je te tiens !

Phalaris se calma et se rassit sur la chaise.
— Je vais compter jusqu'à dix et tu vas te réveiller. Tu ne te souviendras de rien de ce qui s'est passé. Tu oublieras tout, cria Klaus.
— Un, deux, trois, quatre, cinq, six, sept, huit, neuf, dix ! Réveille-toi.

Malcolm se réveilla en pleurant. Il ne savait pas pourquoi. Le maître était soulagé d'enfin connaître la vérité. Il parla à l'enfant :
— Bravo mon garçon. Nous avons réussi tous les deux. Mais ne pleure plus, tout est fini. Tu vas retrouver ta gentille maman. Grâce à ton aide, nous sommes devenus de très bons amis. Je vais te rendre très heureux. Je suis satisfait de toi.

Henry, qui avait attentivement observé et écouté la scène, était stupéfait d'apprendre que Malcolm avait un rapport avec la mort de la fille de Phalaris. Le maître avait fini d'interroger les enfants. Pas besoin de scruter les souvenirs des autres. Quelle serait la suite des évènements ? L'avocat ne semblait pas vouloir s'arrêter là, maintenant qu'il connaissait le passé de l'enfant. Ce dernier prit la parole :

— Qu'est-ce qui s'est passé ? Pourquoi est-ce que je pleure. Que m'avez-vous fait ?

— Tu dois avoir confiance en moi mon garçon. Je suis ton ami et je ne te ferai jamais de mal. Je t'aime, sans doute autant que ta maman et ton papa, dit l'avocat.

L'enfant stoppa son sanglotement. L'interrogatoire avait dépassé le milieu de la nuit et il était temps que les enfants rentrent dormir. Le maître ordonna à Henry, qui n'avait presque pas dit un mot de tout l'interrogatoire, de les raccompagner chez eux. Il avait monopolisé toute la parole, témoignant de son avantage sur eux. Henry s'exprima :

— Les enfants, vous devez me suivre. Je vais vous ramener chez vous dans votre lit. Suivez-moi, expliqua-t-il.

Une petite fille qui n'avait pas parlé durant l'interrogatoire, parce qu'elle était terrorisée, prit en compte en premier lieu les paroles d'Henry et le suivit sans un mot.

Henry posa sa main sur l'épaule de Malcolm pour qu'il le suive. Les deux enfants et les deux adultes prirent la direction de la sortie. Ils furent reconduits à leur domicile en reproduisant les mêmes faits et gestes que la fois précédente. Malcolm dormait à présent dans son lit. Sans le savoir, il attendait sa sentence, incontournable. Qu'adviendra-t-il du petit Malcolm à présent ?

Chapitre II

La décision

Pour se venger, Klaus Phalaris avait décidé de faire de Malcolm un tueur. Cela lui paraissait être la meilleure des punitions. Il allait décider, en un instant, en une pensée saumâtre, le destin et le but de toute une vie ; sa vie ! L'enfant était naïf, trop naïf à ce moment. Il était très jeune, friable, modelable, et son bourreau le savait très bien. La seule préoccupation de Malcolm allait être de suivre un sens dont la nature l'avait doté : l'instinct de survie. Il voulait seulement rester en vie.

Un maître, pour un petit bonhomme, est quelqu'un qui représente l'autorité, le chemin à suivre, celui qui sait, quand les enfants ne connaissent presque rien. C'est lui qu'il faut écouter, tout simplement sans se poser de questions. La volonté du maître serait sienne ! Pour l'enfant, le monde apparaissait ainsi.

Le maître pensait pouvoir reproduire artificiellement des environnements destinés à former des enfants à sa guise. Il pensait pouvoir les éduquer pour influencer leur avenir dans le sens qu'il voulait. Même si leur mémoire était effacée par des lavages de cerveaux successifs, il pensait qu'ils auraient gardé des réflexes conditionnés, au niveau de leur subconscient.

Dans tous les cas, faire de Malcolm un tueur était sa priorité. Par ce fait, il tenterait de corrompre sa nature. Cette obsession était une forme de pouvoir ; essayer d'influencer et de contrôler la vie d'un enfant lui procurait un sentiment de toute puissance, une jouissance. Cet homme était un malade, un malade pleinement conscient de ses actes, un fou dangereux lâché dans la nature, comme un loup sauvage à l'estomac vide et prêt à tout pour assouvir ses envies de vengeance. Ce n'était pas un instinct qui lui dictait ses actes, mais plutôt une idéologie, voire une philosophie, celle de se prendre pour Dieu.

Après que le maître lui eut expliqué ses intentions, Malcolm sentit au fond de son cœur que plus tard il risquait d'en souffrir. Malcolm voulait devenir un artiste ! Il avait ressenti le don hérité de ses ancêtres notamment de son grand-père, celui qui lui permettait d'avoir une habileté étonnante. Il était passionné par ce que ses petites mains, déjà, étaient capables de créer, d'inventer. Il ressentait un épanouissement sans égal de voir son entourage en admiration devant ce que ses minuscules mains pouvaient réaliser. Dès lors, il ne savait pas très bien à quoi elles allaient bien pouvoir lui servir. Elles auraient sans doute été parfaites sur les touches d'un piano, mais il n'avait eu ni l'occasion, ni d'ailleurs l'envie de prendre des cours longs et barbants ; c'était un enfant qui voulait croquer la vie et en profiter un maximum.

Malcolm avait bien essayé de faire comprendre au maître que ses mains pouvaient construire et créer. Mais ce dernier s'était mis en colère après lui. D'après Phalaris, quelqu'un d'autre avait déjà été sélectionné.

Avec une envie cynique, le maître lui montra l'un des camarades de Malcolm qui avait déjà été choisi par ses soins pour devenir, selon ses plans, un artiste.

Mais, avec ce camarade, Phalaris pouvait commencer à lancer la toute nouvelle éducation de Malcolm. Dans un premier temps, ce fut la jalousie qui, implicitement, s'insinua dans le cœur de Malcolm. Cette jalousie, cette rage, cette injustice, semblait être la faute du jeune garçon qui était à côté de lui et qui avait été sélectionné pour devenir un artiste. Ce sentiment le mit dans une colère profonde mais très intérieure. Influencée par le maître, cette jalousie le fit éprouver de la colère envers ce jeune enfant. Même s'il ne faisait pas partie de son entourage quotidien, il le connaissait, il avait dû l'apercevoir dans une de ses visions, qu'il avait du mal à reconstituer, comme si un voile dû aux drogues l'empêchait de les assembler.

Malcolm le frappa, bien au milieu du visage, de toutes ses forces, sans se rendre compte de son acte. Il voulut voir la réaction de Klaus, voir s'il faisait bien et s'il allait être satisfait de lui. Un air de contentement s'établit sur le visage du maître. Sa « création » semblait prendre forme.

Mais Henry fut choqué par son acte, il l'attrapa en lui ordonnant d'arrêter. L'expression de son regard montrait qu'il ne voulait plus qu'il recommence. Malgré les traits de son visage qui n'étaient pas vraiment autoritaires, un voile de désespoir s'afficha au fond de lui.

Dans la tête de l'enfant, tout était confus. D'un côté il ressentait de la jalousie, d'un autre il n'arrivait pas à choisir qui croire et écouter, que fallait-il qu'il fasse ? Le garçon blessé n'avait même pas réussi à fondre en sanglots tellement il était perdu et dépassé par tous ces évènements, qui lui sabotaient son enfance. Il tenait son nez avec ses petites mains comme pour empêcher une traînée rougeâtre de s'échapper des fentes que formaient ses doigts collés les uns aux autres. Des larmes commencèrent lentement à s'ajouter à ce liquide rouge que Malcolm connaissait encore mal, mais qui ne lui laissait pressentir rien de bon. Malgré le sourire impudent du maître, il se douta de l'erreur et du mal qu'il avait causés à ce garçon. Il le regarda avec ses yeux en pleurs. Malcolm tenta de prendre ce garçon dans ses bras, peut-être pour y mêler ses larmes. Ce dernier refusa de les lui ouvrir. Malcolm avait néanmoins laissé glisser le liquide incolore sur ses petites joues, il n'avait pas réussi à contenir ses émotions. Une profonde culpabilité vint alors se poser sur son cœur, qui se contractait et se compressait dès que le son de ses pleurs atteignait ses oreilles. Il le prit tout de même dans ses bras pour tenter de réparer sa brutalité. Il ne savait plus combien de fois il avait dû lui demander « pardon », un mot qui trahissait ses remords auprès du maître. Il risquait d'être puni par le bourreau pour les mots qu'il venait de dire. Il vint déposer ses lèvres sur le front du garçon. Puis, tout en continuant à verser des larmes de chagrin, Malcolm s'écarta du petit homme et il regarda le maître en attendant la punition pour son châtiment.

Chapitre III

La photo

Malcolm et sa sœur avaient l'habitude de passer du temps chez leurs grands-parents paternels qui vivaient à proximité de la demeure de Richard et Helen.

À l'intérieur de la bâtisse se trouvait le strict minimum pour vivre. Le style n'était déjà pas du goût de l'époque. Néanmoins, les enfants étaient ravis de partager leur temps libre avec eux.

Dans cette très vieille maison où certains murs avaient près d'un demi-millénaire, les grands-parents préparaient le repas du midi pour leurs deux petits-enfants, dont ils étaient fiers.

Le grand-père était en train de changer de véhicule car ce dernier était devenu vieux et la rouille avait attaqué puis endommagé la carcasse. Il valait mieux s'en séparer. Il décida de reprendre le même modèle. Cette Renault quasi neuve était la réplique exacte de l'ancienne. Seule la couleur avait changé. De teinte rouge, elle brillait grâce aux rayons du soleil. Entre les bûches de bois et ses petits-enfants qu'il pouvait transporter, le grand-père était fier de cette automobile à la fois robuste et pratique.

Il était l'heure de passer à table. Les enfants se faisaient impatients. La petite famille partagea ensemble ce moment privilégié.

Après s'être régalés, Malcolm et sa sœur prirent du repos dans le canapé. Le jeune garçon se mit à raconter une histoire étrange à sa grand-mère. Elle ne comprenait pas vraiment les dires de son petit-fils.

Malgré les drogues et les séances d'hypnose que Phalaris pratiquait sur Malcolm, le jeune enfant finissait toujours par se rappeler du maître. Ces prétendus songes n'étaient bien sûr pas pris au sérieux par la dame âgée. Pensant que l'enfant parlait des rêves qu'il avait faits, elle ne voyait pas de faits réels dans ses paroles.

Néanmoins, Malcolm voulait que sa grand-mère le prenne au sérieux. Il galopa en direction d'une petite commode. Il tira un tiroir qu'il avait l'habitude d'ouvrir. À l'intérieur se trouvaient des souvenirs du passé, soigneusement conservés par les personnes âgées.

Malcolm y cherchait quelque chose de bien précis. Il en sortit très vite un vieux portrait en noir et blanc. Il le tendit à sa grand-mère et s'exclama fièrement :

— Cette photo ressemble beaucoup au monsieur que je vois pendant mes nuits.

La mère de Richard regarda la photo de son propre père, qui portait de son vivant la barbe à l'impériale. Le style de moustache de l'arrière grand-père de Malcolm était très semblable à celui du maître. En un éclair, la grand-mère se souvint de la tragédie de 1989. Elle sursauta et s'écria, terrorisée :

— Phalaris !

Chapitre IV

L'appartement

À mesure que le danger grandissait, les visions du petit Malcolm devenaient de plus en plus fréquentes. Comme si les frontières du temps n'avaient plus de secrets pour lui. En se projetant dans le futur, il savait que Phalaris ferait tout pour lui effacer la mémoire grâce à des lavages de cerveau. Il vit même qu'il serait âgé de tout juste six ans quand il aurait tout oublié. Comme il ne contrôlait pas bien son don, il ne savait pas pourquoi mais, à cette date, toutes ses prémonitions disparaîtraient en même temps. Le temps lui était donc compté pour agir avant de perdre cette arme de défense.

C'est pourquoi, il réfléchissait à une stratégie pour se souvenir de ces éléments dans sa vie d'adulte. Comment diable se souvenir de son enfance par lui-même ? Ses visions sur sa vie future ne pouvaient que l'aider dans sa besogne. Il se concentra, réfléchit et trouva une astuce prometteuse.

Ainsi, en se projetant dans l'avenir à travers ses visions, il savait à présent qu'après l'obtention de son diplôme du baccalauréat, il poursuivrait des études universitaires dans la ville de Mycènes. Ayant besoin de se loger, son père l'aiderait à trouver un petit appartement meublé non loin du campus universitaire. Le jeune enfant connaissait l'emplacement, l'adresse et le nom des propriétaires de son futur logement quatorze ans avant. Il serait âgé de tout juste dix-neuf ans, quand son père et lui viendraient visiter cette chambre en 2005 pour la réserver immédiatement. Ainsi, grâce à son don, il détenait un avantage stratégique sur le maître.

Et d'un seul coup, l'idée lui vint. S'il parlait de ce studio à son père et à sa mère, il pourrait peut-être déjà le visiter. Plus d'une décennie avant son arrivée, il pourrait cacher des indices dans divers endroits afin de se souvenir de tout cela, car il le devait coûte que coûte. Il était convaincu que le déclic se ferait dans sa vie d'étudiant.

Après avoir parlé du maître et de ses agissements à son père, ce dernier ne le comprit ni ne le crut. Il se tourna de nouveau vers sa mère. Il insista fortement. Malheureusement, la mémoire d'Helen avait déjà été perturbée par les lavages de cerveau de Klaus Phalaris. Même le souvenir de cet homme était confus. Pourtant, Malcolm se rappelait l'avoir vu faire du mal à ses parents. Mais l'enfant faisait confiance à sa mère, il se doutait qu'avec son aide, elle retrouverait la mémoire.

L'argumentation battait son plein, Helen n'en croyait pas ses oreilles :

— Mais mon chéri, tu délires ?

Le garçonnet se savait convaincant, il retournait toute l'histoire de fond en comble au sujet du maître. Mais elle avait beaucoup de mal à se souvenir. Néanmoins, avec le doute et la confiance qu'elle avait envers son fils, elle accepta l'évidence. Un froid glacial traversa son dos et, comme un éclair, elle comprit la menace :

— Mais qu'allons-nous faire maintenant ?

Malcolm poursuivit :

— Tu dois me faire confiance ! Nous devons aller à Mycènes. Là-bas se trouve l'appartement meublé que j'occuperai quand je serai adulte. Grâce à mes visions, je connais le lieu. Je veux absolument te le montrer maman. J'aurai un petit coin pour vivre, juste pour moi.

— Tu as des prémonitions ? questionna la mère.

— Oui, mais je t'en conjure, tu dois me croire !

Ainsi, tous deux décidèrent de partir en voiture pour voir l'immeuble de plus près. Environ vingt minutes plus tard, dans la voiture, Helen demanda à son fils où se diriger. Malcolm connaissait parfaitement le chemin. Il était assis sur le siège arrière de la petite Ford. Ceinture de sécurité verrouillée, siège enfant installé, il guidait sa mère. Mais, arrivés dans la ville, les rues et les paysages étaient quelque peu différents de ses visions. Malcolm ne les connaîtrait que quatorze ans plus tard. Heureusement, sa mère connaissait aussi la ville. Elle lui demanda de citer des points de repère. Elle gara sa voiture non loin de ces lieux. Ils sortirent du véhicule et marchèrent. L'enfant se dirigea instinctivement vers l'emplacement du studio. Ils tombèrent juste devant une grande porte à double battant. Il s'écria :

— C'est ici ! C'est ici que sera l'entrée de la cour qui mènera à ma chambre. Regarde, maman, comme la petite cour intérieure est jolie ! Les propriétaires s'appellent Adams.

Il aperçut la fenêtre de sa chambre qui donnait sur la rue. Helen était émerveillée. Elle monta sur un petit muret qui se trouvait sur le trottoir d'en face pour essayer de voir à l'intérieur de la pièce.

— Il faut que nous visitions, maman !

Ils rentrèrent dans la cour pour sonner. Quelques instants plus tard, des personnes d'un certain âge ouvrirent la porte.

— Oui, et bien, que nous voulez-vous ?

— Nous souhaiterions visiter le studio en haut ! fit le fils d'un ton ferme.

— Mais voyons, nous ne louons pas d'appartement ici ! rétorqua la dame.
— Où est Patricia Adams ? Elle loue toutes les chambres ici, lança Malcolm.
— Pardon ? Ma fille n'est pas propriétaire des lieux, petit insolent !

La porte claqua brusquement.

La mère et son fils se promenèrent quelque temps dans le quartier. Même si Malcolm insista davantage pour visiter la chambre, ils finirent par rentrer à Thèbes.

***

Plusieurs jours s'écoulèrent, lorsqu'une nuit, le maître s'introduisit de nouveau dans la demeure de la famille. Il isola le garçon et lui injecta du sérum de vérité. Tandis que les effets ne se faisaient pas encore sentir, le jeune Malcolm en profita pour contrôler très vite la conversation, tentant de le prendre à son propre jeu. Il lui parla de l'aventure vécue quelques jours auparavant avec sa mère à Mycènes.

Après que Malcolm eut révélé volontairement l'emplacement des lieux au maître, celui-ci affirma qu'il connaissait la famille. L'enfant le supplia de l'emmener le visiter. Au début, il ne crut pas les visions de Malcolm, puis il se mit à douter. Néanmoins, Klaus pensait qu'en exécutant son désir, l'enfant aurait plus de chance de devenir névrosé. La molécule venait d'atteindre son cerveau. Il n'arrivait plus à tenir sa langue et lui dévoila le nom de ses futurs colocataires.

— Je vais vérifier les noms de ces individus pour voir s'ils existent vraiment. Mais peux-tu me donner plus de détails, mon petit ? Comme le lieu où ils vivent, leur âge...

L'enfant ne put résister, il divulgua les informations souhaitées. Phalaris connaissait à présent des données clés.

**

Quelques semaines s'écoulèrent, Malcolm fut mis au lit par sa mère de bonne heure. La nuit commença, une nouvelle nuit bien étrange, puisque l'enfant se réveilla au milieu d'un autre cauchemar. Il ignorait comment il s'était retrouvé dans ce lieu qu'il pensait au début inconnu. Ses pieds se trouvaient sur un sol qui lui était familier. Il regarda les murs, l'architecture du couloir, la petite salle de bains juste à côté. Après quelques instants de réflexion, il comprit qu'il se trouvait dans son futur logement d'étudiant. Le désir si fort qu'il avait eu de pouvoir y accéder quelques semaines auparavant venait de s'exécuter.

Mais il n'était pas seul dans ce hall, deux autres individus le regardaient. Leurs visages trahissaient le fait qu'ils étaient perdus et ignoraient tout de ce qui se passait. Malcolm s'approcha d'eux. Qui étaient-ils ? Il entama une conversation :

— Comment vous appelez-vous ?

En entendant cette phrase, le plus grand des deux, qui semblait bien plus âgé que Malcolm, s'exprima à son tour :

— Wer bist du ? Wo sind wir ?

Incroyable, Malcolm n'en revenait pas. Il venait tout juste d'entendre une langue étrangère. Il ne la maîtrisait pas, néanmoins elle ressemblait trait pour trait à celle que parlaient ses grands-parents à Thèbes. En plus de parler la langue du pays, ils communiquaient également entre eux en allemand. Oui, le jeune adolescent ne pouvait être qu'un Allemand.

Malcolm posa sa main sur son torse :

— Je suis Malcolm. Et toi ? En pointant son doigt vers lui.
— Fritz, dit l'adolescent.

Un autre miracle prit naissance. Il voyait, presque quatorze ans à l'avance, son futur colocataire, Fritz, qui habitait en Allemagne et qui viendrait faire ses études à Mycènes. D'ailleurs, ils deviendront de grands amis. Malcolm parlera même un jour en allemand avec lui.

Quant à l'autre enfant, il reconnut son nez. Ils semblaient du même âge tous les deux. Il s'exclama :

— Je suis Steve.

— Je te connais ! Tu seras un grand ami à moi dans le futur. Tu habiteras non loin de là. Tu seras étudiant comme moi à Mycènes.

Outre l'émerveillement de Malcolm, ce qui l'intéressait avant tout, c'était de laisser des traces pour qu'il se souvienne une fois adulte des évènements qu'il vivait :

— Vite, faisons des marques sur les murs, dit-il en grattant la tapisserie avec ses ongles.

Les deux autres ne comprirent pas.

Voyant que Steve et Fritz ne bougeaient pas, et ne parvenant pas à faire des inscriptions sur le mur avec ses ongles rongés, Malcolm chercha un autre moyen. Une idée complètement folle lui vint à l'esprit. Lui qui avait une vision de l'avenir, il connaissait les nouvelles techniques scientifiques.

— Il faut laisser notre sang sur les murs ! sursauta-t-il.

L'idée semblait folle mais c'était l'espoir qui le faisait agir. Les murs contiendraient ainsi de l'ADN qui resterait là jusqu'à son arrivée en 2005. En faisant des comparaisons d'ADN et en les datant, il pensait pouvoir utiliser ces morceaux de tapisserie comme des preuves judiciaires. Les chances étaient infimes.

Il essaya donc de s'écorcher le bout du doigt pour faire sortir son sang. Mais il n'y parvenait pas et ne trouva aucun objet tranchant pour accomplir cette mission. Les deux autres enfants commençaient à gémir, la pièce devenait bruyante. Le maître, qui était derrière la porte avec son fidèle complice Henry, s'inquiéta du bruit. Malgré la grande taille de l'immeuble en forme de U, les propriétaires pouvaient les entendre et risquaient de se réveiller. Ils décidèrent d'interrompre ce cirque. Malcolm les entendit venir. Pensant qu'il n'aurait peut-être pas d'autre occasion de laisser des traces, une idée encore plus folle lui vint.

Il frappa d'un coup de poing le petit Steve en plein dans le nez. L'enfant n'avait pas encore commencé à pleurer que le sang coulait de ses narines. La porte s'ouvrit. Malcolm se dépêcha de passer sa main sur le visage de Steve et frotta le mur avec son sang. La tapisserie venait d'absorber une trace de l'ADN de Steve, durant une nuit de l'année 1991.

***

Le maître interpréta l'acte de Malcolm à l'encontre du petit Steve comme un geste d'agressivité qui allait pour lui dans le bon sens. Son but était toujours de faire de lui un tueur lorsqu'il serait adulte. Il patienterait jusqu'au jour où les premiers crimes seraient commis. Et là, il se présenterait aux familles des victimes comme un bon Samaritain qui viendrait rendre justice bénévolement. Selon Phalaris, ce procès, s'il avait lieu, serait comme celui qu'il aurait tant voulu pour sa fille Adeline, décédée en 1989. Il attaquerait devant les juges et jurés l'homme qui avait fait du mal à sa fille. Tel était son rêve le plus cher. Il ferait tout pour arriver à ses fins.

Selon Klaus Phalaris, Malcolm développait sa barbarie

dans cet appartement. L'enfant l'avait encore supplié d'y retourner. Il lui avait aussi menti en disant qu'il lui promettait de « jouer le jeu » s'il le ramenait une nouvelle fois là-bas. Mais une seule chose était dans la tête de Malcolm ; c'était bien d'y enfouir le maximum d'indices pour se souvenir de tout quand il reviendrait dans le futur. Il pourrait même peut-être y trouver des preuves qu'il utiliserait contre l'avocat. Il voyait l'avenir et savait qu'au début de l'année 2006, tout lui reviendrait. Le combat continuerait.

Ainsi, le maître avait décidé de pousser la barbarie encore plus loin. Une autre nuit, Malcolm se trouvait de nouveau dans ce fameux logement. Cette fois-ci, il n'était pas dans le couloir mais dans sa future chambre. Seulement, quelqu'un se trouvait également là. Une petite fille qui avait plus ou moins son âge. Elle aussi semblait avoir été kidnappée et droguée. Le maître prit Malcolm à part dans le couloir où se trouvait Henry. Il négocia un accord avec l'enfant :

— Écoute, mon petit, nous allons jouer à un jeu. Quand je te le dirai, tu vas retourner dans la chambre avec la petite fille. Tu feras connaissance avec elle. Puis vous commencerez à vous embrasser sur la bouche et tu la prendras dans tes bras comme si vous étiez amoureux. Enfin, je veux que tu fasses semblant de la tuer avec ce couteau en plastique que je te donne.

— Jamais ! Je sais ce que vous voulez faire. Vous êtes un monstre. Jamais je ne ferais ça ! cria l'enfant.

— Si tu refuses, Henry te fera du mal. Par contre si tu le fais, je te prendrai dans mes bras. Mais ne t'inquiète pas, ce n'est qu'un jeu !

Ces scènes qui se sont répétées plusieurs fois sont des éléments phares dans l'expérience que Klaus Phalaris infligeait à Malcolm. Il pensait ainsi qu'au début de l'âge adulte, au moment où sa sexualité se développerait avec les filles, il passerait à l'acte comme un prédateur. Violant, tuant, il serait devenu un malade névrosé et psychotique. L'expérience aurait réussi.

Le maître pensait qu'il était une bombe à retardement et qu'un jour ou l'autre il exploserait. Une des principales étapes du processus mis en place par Phalaris était de faire en sorte que Malcolm se familiarise avec les armes, en particulier les armes à feu. Rien ne devait être oublié pour le faire devenir un monstre plus tard.

Durant plusieurs nuits, Klaus lui fit prendre des revolvers et des pistolets dans les mains. Les armes n'étaient pas chargées mais l'enfant pouvait jouer avec et devait faire semblant de tirer sur quelqu'un. Malcolm rigola quand, à plusieurs reprises, il visa le maître. Néanmoins, ses petits doigts avaient souvent du mal à presser la détente. Dans tous les cas, l'avocat n'appréciait pas de se faire mettre en joue par Malcolm. Il le giflait à chaque fois, mais l'enfant ne se dégonflait pas pour autant.

Chapitre V

Le logo

Phalaris croyait de plus en plus aux visions du jeune Malcolm. Il se mettait à distinguer d'une part les hallucinations dues aux drogues, d'autre part des représentations de scènes qui pourraient tout à fait se dérouler dans le futur.

C'est pourquoi, en tenant compte de ses prémonitions, il réussirait à influencer au maximum les choix et décisions futurs du garçon, ce qui lui permettrait de contrôler tout son avenir, telle la représentation théâtrale qui mettait en scène une marionnette. Pour lui, la vie ne paraissait se résumer qu'à une pièce de théâtre avec des scènes, des comédiens avec des rôles prédéfinis, une pièce de théâtre où le seul public serait lui-même ! Il voulait être à la fois le créateur de la pièce, mais aussi le seul spectateur.

Une nouvelle nuit d'horreur pour Malcolm eut lieu. L'enfant, toujours aussi petit, voulait tant faire pour satisfaire le maître que toutes ces atrocités allaient finir par être découvertes. En attendant, il se retrouvait de nouveau dans un autre lieu. Cette fois, un certain Daniel était avec lui. Ils étaient tous les deux côte à côte, comme témoins de leur impuissance commune à lutter, enfermés dans une pièce que Malcolm ne parvenait pas à reconnaître.

Il avait sans doute parlé de ce jeune adolescent au maître à travers l'une de ses visions mais il avait du mal à se rappeler quand. Tout était confus dans son esprit à cause des drogues.

Malcolm s'aperçut que les portes de la pièce n'étaient pas fermées. Il décida d'explorer les lieux. Il invita Daniel à le suivre, mais ce dernier ne bougea pas. Il resta debout sur ses jambes et fixa Malcolm du regard, comme s'il faisait quelque chose d'impensable. Le jeune adolescent semblait connaître cet environnement. Pourtant, il ne ressemblait nullement à une maison où il faisait bon vivre. Mais Malcolm n'était pas intimidé par le garçon plus grand que lui. Il décida de franchir le seuil de la porte et s'élança à l'aventure.

Il visita plusieurs pièces quand il tomba sur un symbole dans l'une d'elle. L'enfant reconnut le dessin. Il s'agissait d'un logo, celui d'une entreprise. Il resta figé devant lui, venant de tout comprendre : Daniel, les bureaux de cette société, le logo...

Malcolm savait maintenant qu'il viendrait y travailler durant une courte période dans le futur. Daniel était le fils du directeur de l'entreprise et prendrait la relève quand son père serait en retraite. Mais il avait surtout en tête un évènement qui aurait lieu dans plusieurs années et que ni Daniel, ni son père ne pouvaient prévoir. Cette société fusionnerait avec deux autres concurrents. Un nouveau logo allait voir le jour. Le jeune prophète était certain à présent que ce futur logo qu'il verrait début 2006 déclencherait le déclic et que tout lui reviendrait. Il serait le détonateur qui ferait sauter le barrage de son inconscient et viendrait inonder sa conscience de ses souvenirs enfouis. L'enfant s'écria :

— Tout est écrit ! Je le sais à présent. Tout redeviendra possible quand je verrai ce logo ! Le combat continuera.

Chapitre VI

Le secret

L'un des grands amis des parents de Malcolm s'appelait George. Avec sa femme, ils partageaient souvent des repas autour d'une table avec Helen et Richard. Les deux couples s'appréciaient mutuellement.

George était un homme bon. En plus d'être intelligent, il était également doué en télécommunication et en informatique, ce qui lui avait permis de trouver un bon poste dans la ville, en rapport avec ses qualités.

Helen venait souvent lui rendre visite en compagnie de Malcolm. Ce dernier aimait venir chez lui.

Un jour, lors d'une visite chez George, Helen lui parla des prémonitions de Malcolm, qu'elle seule croyait. Il avait du mal à la croire. George faisait preuve de rationalité et de logique, mais il chercha à en savoir davantage.

En parallèle, le jeune Malcolm était toujours en quête d'éléments qui pourraient l'aider à l'âge adulte. Il savait qu'au moment du surgissement de ses anciens souvenirs en janvier 2006, il rendrait visite à George pour lui demander de l'aide sur un projet lié à son travail. Même si le flash lui apparaissait encore assez flou, il apprit un détail très important concernant George. Cet homme détenait un secret qu'il ne pouvait confier à personne. Dans sa vision, Malcolm le voyait le lui révéler en 2006.

En présence de sa mère, Malcolm attrapa de sa main le pull que portait George et s'exclama :

— Tu as travaillé pour l'armée israélienne !

À ses mots, George s'effondra. Sa logique et sa rationalité, qui étaient les guides de sa vie, venaient d'être vaincus en une phrase par un enfant de cinq ans.

Pendant que ses yeux gonflés de larmes se préparaient à les déverser sur ses joues, George s'adressa à l'enfant :

— Je ne l'ai jamais dit à personne ! C'est encore classé secret-défense aujourd'hui. Comment peux-tu connaître mon secret ?

— Parce que tu me le diras dans le futur. Je ne sais pas encore pourquoi mais tu m'aideras dans ma vie d'adulte, certifia Malcolm.

Au moment fatidique du combat que menait Helen et Malcolm contre Klaus Phalaris, George était sans doute l'un des seuls à l'époque à croire en eux. Sans qu'il ne le sache, il était devenu leur allié. Malheureusement, Klaus le savait. Comme il interrogeait souvent Malcolm sous sérum de vérité, il lui faisait cracher toutes les informations qu'il voulait. L'enfant n'arrivait jamais à résister. Il lui disait toujours tout.

Le maître n'avait plus aucune limite dans ses agissements. Il était fort, ingénieux et particulièrement rusé.

Au moment où Helen et Malcolm pensaient avoir remporté une bataille, l'avocat rendit visite à George. Avec ses séances d'hypnose et ses drogues amnésiantes, George finit par oublier. Le maître ne leur laissait aucun espoir dans la lutte. Ils se trouvaient de nouveau seuls.

Chapitre VII

Les deux parrains

La situation prit une ampleur très inquiétante pour la famille. Helen devenait un obstacle pour l'avocat, un frein pour l'accomplissement de ses plans machiavéliques contre Malcolm. Elle commençait à exposer ses soupçons auprès de son entourage sur les agissements du maître. Elle était une alliée redoutable pour l'enfant.

Pour affaiblir la famille, Klaus imagina un moyen pour la discréditer auprès de ses proches, un moyen ingénieux d'ailleurs. En la faisant passer pour une folle, elle perdrait toute crédibilité. Phalaris lui injecta des mélanges de drogues, dont de l'héroïne, pour la faire craquer. Rien, ni personne, ni elle ne se doutait que des drogues dures coulaient dans ses veines. Les lavages de cerveau avec un cocktail de drogues ayant des effets amnésiants et surtout de l'hypnose, lui faisaient oublier le maître. Grâce à ces cocktails et aux effets de manque, elle perdait tout sens de la raison et des pics d'agressivité étaient courants envers sa famille et ses amis. Son entourage la pensa devenue maniaco-dépressive.

Un jour, lorsqu'elle se retrouva seule avec Malcolm à la maison, Klaus Phalaris vint sonner à la porte, le plus naturellement du monde. Elle ne le reconnut pas. Mais l'avocat insista :

— Mais si, Helen, je suis Klaus, le parrain de Malcolm. Je voudrais l'emmener en promenade pour la journée afin que tu puisses te reposer un peu, tu as l'air si fatiguée ! trompa le mesquin.

Phalaris faisait preuve de ruse car il savait pertinemment que le véritable parrain de l'enfant s'appelait également Klaus.

L'avocat embarqua ainsi le garçon pour la journée. Il le promena en voiture comme une proie qui attendait son heure.

Durant la journée, il l'emmena dans un lieu que l'enfant ne connaissait pas. Après avoir monté un escalier dans un immeuble de quartier, ils entrèrent dans un logement. Il s'agissait d'un appartement relativement petit. Néanmoins, le nécessaire s'y trouvait pour y vivre correctement. Mais cette habitation n'était pas inoccupée. Au milieu du mobilier, quelqu'un les attendait. En voyant l'enfant arriver, cette autre personne s'exclama :

— C'est donc lui !

Klaus prit la parole :

— Voici l'assassin de ma fille.

Malcolm ne savait pas comment ils s'étaient connus, il ne le sut jamais. Néanmoins, ils semblaient bien se connaître.

L'homme referma la porte et poursuivit :

— C'est lui le monstre dont tu m'avais parlé !

Malcolm leva la tête vers lui :

— Mais non, je ne suis pas le monstre que vous pensez, expliqua le garçon.

— Klaus m'a dit beaucoup de mal de toi. Tu es quelqu'un d'extrêmement violent. Tu as tué sa fille, tu te bagarres à l'école. Tu as tous les traits d'un futur tueur.

— Jamais je ne tuerai. C'est ce qu'il essaie de vous faire croire. Il m'a fait beaucoup de mal pour se venger, argumenta Malcolm.

L'inconnu s'agenouilla devant l'enfant.

— Mais qu'est-ce que tu racontes ? rigola-t-il.

— Il a même fait du mal à mes parents et à ma famille. Il est capable de l'impensable. C'est lui, le monstre.

— Tu es un menteur en plus ! répliqua l'inconnu.

— Mais ne comprenez-vous pas qu'il vous manipule. Vous n'êtes qu'un amusement pour lui !

Malcolm se savait convaincant. Des doutes semblaient surgir dans la tête de cette personne mystérieuse.

En entendant la conversation, l'avocat, qui regardait par la fenêtre dos à eux, attrapa ses gants dans la poche de sa veste. Il les enfila discrètement. Puis il saisit un objet lourd dans une autre poche et le lança à l'homme en s'écriant :

— Attrape, Frank !

Grâce à un réflexe, l'homme réceptionna l'objet. Il le tâta tout en le regardant. Frank prit la parole :

— Enfin, je ne comprends pas. Que fais-tu et pourquoi me lances-tu un revolver ?

Phalaris s'approcha lentement et arracha brutalement l'arme des mains de Frank puis s'exclama :

— Si un jour, tu me fais chanter, j'aurai une assurance contre toi !

Klaus rangea l'arme dans un sac en plastique transparent. Frank était maintenant pris au piège par l'avocat qui détenait une arme à feu avec ses empreintes digitales.

Frank sursauta et lança :

— Donne-moi cette arme immédiatement !

Mais au même moment, l'avocat sortit un deuxième revolver et attrapa l'enfant d'une main ferme. Il visait à la fois

Malcolm et Frank. Ce dernier était très inquiet de la situation mais il bloquait toute émotion sur son visage, de peur que l'avocat ne tire. Il venait de comprendre que son ami était devenu un fou dangereux. Il redoutait l'impensable.

Phalaris quitta rapidement les lieux avec Malcolm. En repartant, Klaus se pencha vers l'enfant et lui murmura :

— Je vais faire de ta vie un véritable enfer ! Si un jour tu te souviens de quelque chose, jamais personne ne te croira. Je vais tous les manipuler avec de l'hypnose pour leur faire penser que tu es un fou ! Je crois en tes prémonitions. Je vais les utiliser contre toi. J'aurai toujours une longueur d'avance !

En fin d'après-midi, ils rentrèrent. Helen ne discernait plus le vrai du faux. C'était en 1992.

Chapitre VIII

La nuit

Cette nuit du 17 au 18 juin 1992 s'annonça comme la plus longue des nuits pour le petit Malcolm.

Sa mère était rentrée durant la soirée un peu choquée. Pour cause, elle était partie dans la région pour y voir de la famille. Elle avait forcé sur l'accélérateur. Elle fut donc verbalisée pour excès de vitesse. Elle avala un maigre repas, seule, son mari et sa fille ayant fui la maison.

L'enfant dormait à poings fermés quand Henry vint le réveiller au milieu de son sommeil. Il dut le secouer un peu fort pour qu'il ouvre enfin les yeux :

— Non, encore toi, Henry. Qu'est-ce que tu me veux encore ?

— Tu dois venir avec moi maintenant, ordonna Henry.

— Laisse-moi dormir, je suis si fatigué !

— C'est important, suis-moi, mon petit.

L'enfant se sortit du cocon qu'il avait confectionné avec son drap. Il marchait péniblement dans sa chambre à côté d'Henry qui le tenait pour ne pas qu'il tombe. La porte était entrouverte. Un rai de lumière venant du couloir venait éclairer leur chemin. Arrivé dans le couloir, légèrement vers sa droite, il aperçut sa mère, allongée sur le côté gauche face à l'escalier. Elle vit immédiatement Malcolm, comme si elle l'attendait. Elle avait l'air paisible, soulagée. Sur la gauche, se trouvait Klaus Phalaris, à genoux. Il la regardait comme on admire une pièce de théâtre. Il avait l'air incroyablement fier de sa propre personne, comme un gosse impatient qui s'apprêtait à recevoir un nouveau jouet tant attendu. C'est à ce moment précis que Malcolm comprit l'horreur et qu'il se mit à pleurer. Il demanda à Henry s'il n'était pas plutôt en train de rêver. Il aurait tellement préféré.

Puis, sans qu'aucun d'eux ne se soit fait un signe, l'enfant se dirigea vers sa mère. Elle ouvrit ses bras vers lui, elle l'attendait. Il se jeta à terre, pour la serrer dans ses bras. L'espace entre eux se réduisit, rien ne pouvait leur arriver tant qu'ils se serraient l'un contre l'autre. Alors, il la serra, toujours plus fort. Elle comprenait cette volonté, elle fit de même. Mais l'instant était arrivé et elle devait lui parler. Le bourreau semblait ne pas lui avoir accordé beaucoup de temps. Elle cherchait à s'écarter du corps de son enfant. Il se laissa faire un moment. Mais quand il aperçut ses lèvres s'ouvrir, il la serra de nouveau, plus fort, en cherchant à l'empêcher de respirer correctement pour éviter qu'elle ne parle et qu'elle ne lui demande d'arrêter. Il saisit que lorsqu'elle terminerait sa conversation avec lui, le pire pouvait arriver. Il faisait son possible pour gagner un maximum de temps et savourer ces instants avec elle. Certes, ces moments étaient teintés d'insécurité, mais ces quelques secondes supplémentaires passées avec elle étaient trop précieuses, des secondes qui valaient tout l'or du monde, les instants les plus précieux de son existence : les derniers moments passés avec sa mère !

Mais déjà le temps s'était écoulé et sa mère n'avait toujours pas pu dialoguer avec lui. Le bourreau se faisait impatient devant l'amour infini de la mère et son fils.

Pendant qu'ils se serraient l'un contre l'autre, le maître se mit à grincer des dents. Il se fit menaçant avec sa seringue, il voulait que Malcolm se dépêche, au risque de ne pas pouvoir dire adieu à sa douce mère. Pas une larme ne coula des yeux de Klaus. Son visage était lugubre, comme une vraie statue. Que pouvait-il bien couler dans ses veines ? Un sang glacial, certes, qui laissait apparaître un visage horriblement pâle orné d'une moustache à l'impériale impeccablement symétrique, comme en avaient nos ancêtres. Comme si ce fou des temps anciens avait échappé au cauchemar de la mort. Cette moustache était taillée par un fanatique, un perfectionniste qui considérait que tuer est un art ; l'art de tuer. Il ne négligeait absolument aucun détail. Le visage de cet homme s'était gravé à jamais dans la mémoire de Malcolm. Il s'en souviendrait à tout jamais. Malgré son jeune âge, le regard de l'assassin resterait dans sa tête. Il savait à présent jusqu'où la décadence humaine était capable d'aller.

Sa mère le regarda fixement dans les yeux :

— Malcolm, tout est arrangé. Je te dis au revoir. J'ai marchandé avec lui pour qu'il te laisse vivre ta vie ! Tu n'as plus à t'en faire.

— Tu ne peux pas faire ça, il faut te battre avec moi, dit l'enfant en pleurant davantage.

Sa mère lui caressa le visage avec une tendresse inoubliable, puis le prit dans ses bras.

Malcolm s'échappa des bras de sa mère pour bondir sur Phalaris, le poing en direction de son visage :

— Assassin, assassin ! Tu vas la tuer !

Phalaris intercepta l'enfant :

— Mais non, c'est pour ton bien. Je te l'avais promis, rigola-t-il.

L'enfant continua :

— Un jour, tout le monde saura. Et ce jour, Dieu, Yahvé et Allah m'aideront à vous vaincre ! Plus rien ne m'arrêtera.

Malcolm recouvra ses esprits et poursuivit bravement :

— Maman, c'est à Salamine que tout se passera ! Cette ville sera le quartier général d'où je mènerai ma guerre.

Une nouvelle vision de son avenir venait de se dévoiler. Malcolm se projetait une nouvelle fois dans le futur. Il poursuivit :

— Je vais décider de partir voir d'autres horizons et d'y faire ma vie. Je serai loin de Thèbes et de ces fantômes du passé. Grâce à la richesse de cette ville, je retrouverai un goût certain de la vie. Grâce à cette grande capitale mondiale, je retrouverai le courage. Grâce aux gens que je rencontrerai là-bas, je trouverai la volonté. Et grâce à ta force, je vivrai. Maman, c'est à Salamine que tout se jouera !

— Tu vas aller vivre à Salamine, mon fils ?

— Je parlerai anglais, tu sais ! Malgré tout ce qu'il nous a fait, je réussirai à le vaincre. Je te le promets, maman. J'aurai une arme redoutable contre lui, une arme dévastatrice. Je publierai un livre ! Il fera l'effet d'une bombe. Quand ce jour viendra, il ne pourra plus rien faire contre nous. Nous serons devenus invincibles. Car tout est écrit !

Pendant que l'enfant restait seul avec Henry, Klaus et Helen quittèrent la maison pour descendre dans l'impasse. Henry devait le faire dormir et le coucher avec une injection. Mais Malcolm insista auprès de ce dernier pour voir une dernière fois sa mère avant qu'elle ne parte. Elle se trouvait dans la voiture avec Phalaris au volant. Henry lui accorda cette dernière faveur.

***

De toute son âme, de tout son être, il cria intérieurement au scandale, à l'injustice la plus extrême. Il cria toujours plus fort, à répétition, avec des pensés plus intenses. Il voulait que quelqu'un l'entende, un voisin, un passant, qui pourrait le sauver ou du moins témoigner contre Phalaris. S'il avait été pris la main dans le sac, avec d'autres personnes à ses côtés, Malcolm aurait été plus fort. Unis, ils l'auraient stoppé, ils l'auraient arrêté, ils l'auraient définitivement empêché de faire du mal à quelque être humain que ce soit. Fini les manipulations, les séances d'hypnose, les drogues, les kidnappings, le maître aurait été démasqué et mis hors jeu. Mais il avait beau penser extrêmement fort à cela, personne, pas un bruit d'être humain ne se faisait entendre. Pas d'uniforme, pas de regard, même pas de chants d'oiseaux pour faire cesser cette infamie. Le temps s'était arrêté autour d'eux, il n'y avait plus de vie. Il ne semblait n'y avoir que des êtres figés à jamais par la glaciation du temps. Il se rendit une nouvelle fois compte de son impuissance à contrôler les aiguilles du temps. Comment, avec sa taille de Lilliputien, alors que chaque centimètre comptait, aurait-il pu barrer la route à ce monstre ? Il voulait atteindre directement le cœur du problème, en frappant l'avocat, d'un coup de ce qui ressemblerait à un poing, sur sa joue, ou plutôt sur le nez ; ou mieux encore contre son crâne pour l'assommer. Après une hésitation sommaire sur la mise en place de son offensive, l'enfant finit par reculer de quelques pas, discrètement, sans attirer l'attention. Pour dissimuler les soupçons que l'on pourrait avoir sur sa tentative, il continua à parler à sa mère, et avec un désespoir profond, il se lança. Il dut se cogner la tête contre le cadre de la porte de la voiture. Le bourreau n'eut aucune difficulté à déjouer sa tentative. Il y avait pourtant mis toute son énergie. Le désespoir joua sans doute un rôle dans son échec.

Helen semblait sereine et en paix avec elle-même. Elle s'adressa une dernière fois à son fils :

— Malcolm, je veux que tu vives ta vie. Tu deviendras quelqu'un de bien, oublie-moi.

— Non, maman, ne me laisse pas. Tu n'as pas le droit ! Battons-nous ensemble contre lui. J'ai besoin de toi, supplia le garçon.

Le maître s'adressa à Henry qui se tenait à côté de Malcolm :

— Dépêche-toi de ramener l'enfant dans son lit et suis-moi avec ta voiture !

Pendant qu'ils remontaient la petite côte qui séparait l'impasse de la maison, Malcolm, tout en pleurant, supplia Henry d'arrêter Phalaris. Mais ce dernier rétorqua :

— Je ne peux rien faire, il fera du mal à ma famille ! Il est capable de tout. Je t'en conjure, tu dois me pardonner. Quand tu seras grand, tu devras trouver un moyen de tout révéler. J'ai confiance en toi.

Henry était redescendu dans l'impasse pour rejoindre le maître qui l'attendait dans la voiture d'Helen. Il prit place dans sa voiture. Les deux véhicules se suivirent.

***

Lui ôter sa mère était la dernière phase du plan de l'avocat. Malcolm serait ainsi privé de son affection. Privé de son amour, de sa force, cela pourrait, selon Phalaris, aggraver son agressivité et faire en sorte qu'il passe un jour à l'acte.

Klaus Phalaris avait minutieusement préparé cet évènement qu'il attendait depuis si longtemps. Il s'apprêtait à réaliser le crime parfait : un meurtre maquillé en suicide. Il avait absolument tout calculé. Aucun détail de son œuvre d'art n'avait été négligé. Jamais personne ne se douterait de la véritable cause du décès d'Helen. Personne non plus ne remonterait jusqu'à lui. Le doute avait disparu dans son esprit, laissant place à la certitude. L'insubmersible Klaus Phalaris était fin prêt pour commettre l'impensable.

Ainsi, après une à deux heures de route, les deux automobiles arrivèrent aux étangs de Stymphale. Le lieu était beau. La nuit s'était installée. La nature vivait pleinement, elle s'y épanouissait totalement. Ils se garèrent non loin d'un des étangs. Henry resta dans sa voiture, sans bouger, il était comme figé par les évènements, il venait de vendre son âme. En les voyant arriver, les premiers chants des oiseaux venaient de s'interrompre. Le silence absolu régnait. Le temps n'existait plus.

Klaus Phalaris coupa le moteur et sortit de la Ford blanche. Il marchait dans l'herbe. Les brindilles vertes se brisèrent sous ses pas. Il ouvrit l'arrière du véhicule. Un long tuyau s'y trouvait. Puis il claqua brusquement le coffre. Il relia le pot d'échappement à l'intérieur du véhicule. Une lettre d'adieux était posée à côté d'Helen. Il l'avait forcée à l'écrire.

C'est ainsi qu'Helen, la mère de Malcolm s'en est allée le 18 juin 1992. Maître Klaus Phalaris était devenu un assassin.

Chapitre IX

L'internat

Lors de leur rencontre, Malcolm avait attiré l'attention de Frank, l'ami de Klaus Phalaris. Il voulait l'aider mais ne pouvait pas prévenir la police. Après leur rencontre, Klaus lui avait téléphoné pour le menacer.

Néanmoins, Frank réussit à retrouver le petit Malcolm.

Peu après la disparition d'Helen, Frank arriva au domicile de Malcolm pour tenter de lui parler. L'enfant fugua quelques heures avec lui. Frank l'emmena dans un endroit sûr où ils pouvaient discuter. Ils partirent tous les deux en direction de Létoon, le soir, sur le lieu de travail de Frank. Ce dernier était professeur dans un collège/lycée qui pouvait également accueillir des élèves dans un internat.

Malcolm entra par l'arrière de l'établissement. Il passa par une porte épaisse, en chêne massif sans doute, car l'enfant avait déjà observé de telles portes dites « anciennes ». Ce type de porte, depuis son plus jeune âge, attirait son attention.

Le professeur s'était bien rendu compte que Malcolm ressentait encore les effets de manque engendrés par les drogues que Klaus et Henry lui avaient injectées les jours passés.

Une fois le seuil de cette lourde porte franchi, ils se retrouvèrent dans une cage d'escalier.

L'intérieur était horriblement sombre car ces locaux scolaires n'étaient pas bien pourvus en éclairage. Aucune veilleuse de secours n'était présente non plus dans cette cage d'escalier. Le manque de luminosité rendait l'espace sombre et inquiétant. Le professeur ne souhaitait pas allumer les lumières pour ne pas attirer l'attention du concierge. Comment aurait-il justifié la présence de l'enfant ?

Fort heureusement, Frank avait anticipé ce problème et il alluma une lampe de poche qu'il gardait habituellement dans la boîte à gants de sa voiture car Malcolm refusait catégoriquement d'avancer à cause de sa peur du noir. Cette lampe de poche, de type 4,5 volts, éclairait faiblement les escaliers, prétexte que le garçon n'hésita pas à utiliser pour éviter de continuer la visite. Mais comme le professeur n'avait pas de nouvelle batterie, il fallut à Malcolm affronter sa peur. Il fut de nouveau terriblement effrayé par le vide qui se trouvait derrière les quelques premières marches de l'escalier. En effet, Malcolm percevait les lieux comme un long fond qui laissait supposer la présence d'un long couloir, duquel il ne parvenait pas à distinguer le reflet du faisceau orangé sur le sol, et qui l'obligeait à croire à l'existence d'un grand trou. La lueur vacillante de la lampe de Frank ne permettait pas de démasquer l'illusion faisant croire qu'il allait se jeter dans le vide puisqu'il montait les premières marches en agrippant l'enfant contre sa cuisse pour l'obliger à vaincre sa peur. Apparemment, le seul souhait de Frank était que le garçon continuât à avancer, ou plutôt à monter. Il s'agissait bien du seul désir que Malcolm ne voulait pas exaucer. C'est pourquoi cette situation devint confuse ; d'un côté, il y avait un adulte qui voulait simplement monter un escalier avec un enfant, de l'autre, il y avait un enfant qui pensait tomber dans un précipice noir.

L'adulte réussit finalement à traîner l'enfant jusqu'au bout des premières marches. Le garçonnet pensa à ce moment-là qu'ils allaient faire encore quelques pas sur le sol, puis qu'ils tomberaient immédiatement dans le trou. Mais Frank s'arrêta un instant pour braquer sa faible lumière dans la direction du sol. Il dut tendre au maximum sa main et se courber pour concentrer le faisceau sur un point qu'il avait déterminé au hasard dans le noir. Plutôt que de se résoudre à constater qu'aucun trou n'était présent sur les lieux, le gamin persistait à croire à l'existence d'un gouffre plus loin, tout au fond du couloir, là où aucun photon n'atteignait l'obscurité. L'enfant renouvela ses supplications car il ne voulait pas se retrouver dans le vide. Frank contourna le couloir vers la droite pour rejoindre l'escalier. Il ne put éclairer les nouvelles marches immédiatement et l'enfant fut de nouveau pris de stupeur car l'obscurité lui laissait croire que le vide se trouvait de nouveau sous ses pas. Mais le grand homme fit remarquer que sous les marches se trouvait la porte par laquelle ils étaient entrés.

En haut de ces nouvelles marches, une fenêtre était encastrée dans le mur. Cet espace ouvert sur l'extérieur tombait à pic pour rassurer le gamin. Elle donnait un aperçu du paysage qu'ils avaient rencontré en arrivant, certes sombre, mais tout de même reconnaissable par les formes des arbres et le contraste avec le ciel.

Enfin, un dernier tournant devait être effectué par nos explorateurs de la nuit ; ils se décalèrent vers la droite pour rejoindre les dernières marches qui leur feraient atteindre le sommet de la mission : le premier étage.

Après quelques pas pour rejoindre le couloir, l'enfant prit

peur une nouvelle fois lorsqu'il aperçut l'immensité de l'espace dans lequel il s'apprêtait à entrer. L'architecture de cette partie du bâtiment était telle, qu'en face de nos deux amis, un immense couloir s'étendait. Et aussi bien à leur droite qu'à leur gauche, des couloirs d'une profondeur comparable étaient visibles. Le plafond de cet étage ne ressemblait à celui d'aucune autre bâtisse que le gamin n'ait déjà rencontrée durant sa courte vie. Il était incommensurablement grand. L'enfant fut véritablement pris de vertige lorsqu'il laissa sa petite tête se perdre dans les hauteurs des murs ; de vrais colosses. Bien qu'il fît sombre, d'imposantes fenêtres venaient littéralement casser la taille des murs, et une légère clarté du ciel étoilé obligeait ce noir lugubre, qui régnait en maître dans les lieux, à perdre du terrain pour se replier vers les sommets du plafond. C'est pourquoi, le noir laissait supposer à l'enfant qu'il s'agissait d'un nuage sombre qui voilait un espace plus immense encore qu'il ne s'avérait. L'enfant tomba, il se perdit à cause des suppositions qui n'en finissaient plus de se bousculer dans sa tête. Ses yeux fixaient uniquement les cieux du bâtiment, ainsi il ne possédait plus de point de repère pour aider ses jambes à garder un équilibre parfait pour stabiliser le reste de son corps. Cette perte d'équilibre se fit également remarquer lorsque l'adulte l'aida en lui tenant la main. Le grand bonhomme avait beau garder sa main sur l'épaule de notre ami, celui-ci ne trouvait plus l'équilibre dès qu'il pointait le nez au ciel. À chaque fois, l'adulte devait le rattraper pour ne pas le voir tomber et risquer de se blesser. Marcher et regarder vers le plafond étaient deux actions que l'enfant ne pouvait plus pratiquer en même temps, il lui fallait faire un choix.

    Frank choisit d'emprunter le couloir de droite. En passant devant les fenêtres, l'enfant fut distrait par la luminosité que ces dernières laissaient filtrer. Ces grands cadres transparents détournaient l'attention du jeune homme. Une fois encore, un vertige porta atteinte à son équilibre lorsqu'il fixa le paysage qui atteignait des proportions astronomiques par rapport à sa taille puisque les premiers arbres — qui formaient une sorte de barrage sur la ville — se situaient à plus de cinquante mètres. Les pieds du garçon s'entremêlèrent, il ne parvenait plus à avoir de notion de distance convenable et celle formée par ses pas devenait inégale.

***

Frank s'agenouilla devant Malcolm pour lui parler mais l'enfant intervint avant :
— Il a assassiné ma mère !
— Comment ? Mais elle s'est suicidée !
— Je vous jure que j'étais présent avant sa mort. Phalaris m'a laissé lui dire adieu. Il m'a volé ma maman. C'est un assassin ! Il la droguait depuis un moment. Elle avait perdu la raison. Tout le monde la prenait pour une folle.

De nouvelles visions surgirent dans le cerveau du petit garçon. Il venait de voir les images des avions qui percutaient des grandes tours. Malcolm venait de prédire les attentats du 11 septembre 2001 contre les tours jumelles du World Trade Center.

Il en parla à Frank qui répondit :
— Tu délires complètement !
— Mais non. Pourquoi personne ne veut me croire ? Pourtant c'est vrai, vous pourriez peut-être les en empêcher ! argumenta le visionnaire.
— Mais tu as des hallucinations ! Ce sont toutes les drogues qu'il t'a injectées.

Malcolm s'écarta et cria fort :

— Oussama Ben Laden !

À ses mots, les fenêtres du bâtiment vibrèrent et les murs tremblèrent, comme terrorisés par ce nom.

— Oussama ! Je sais ce que tu vas faire !

Frank ne comprenait pas les mots de l'enfant. Pourtant, Malcolm venait de prononcer un nom que personne en 1992 ne connaissait.

Frank reprit l'enfant et lui dit :

— Qu'importe Malcolm, quand tu seras grand, tu devras l'arrêter et il devra payer pour tout ce qu'il a fait.

— Aidez-moi alors ! hurla le garçon.

— Mais il va massacrer ma famille en faisant croire que c'est moi qui les ai tués ! Je ne peux rien faire. Il tient tout le monde comme ça.

— Alors vous m'aiderez à m'en souvenir quand je serai plus grand !

— Si je reprends contact avec toi dans l'avenir, il l'apprendra et se vengera, trembla le professeur en fixant le sol.

— Alors c'est moi qui viendrai à vous, s'exclama le prophète.

— Mais il va t'effacer la mémoire. Tu ne te souviendras plus de moi, répliqua Frank.

— Vous devez me faire confiance. Je suis Malcolm. Je vais programmer mon cerveau. Je ne me souviendrai pas, mais mon subconscient me guidera jusqu'à votre école. Tel un réflexe conditionné, je ferai tout pour me faire exclure de mon lycée à Thèbes et je viendrai ici à Létoon en internat. Vous serez mon professeur. Tout est écrit !

— Ce que tu dis est impossible ! affirma Frank.

— Je relève le pari. Si je viens, vous devrez m'aider !

Frank aurait tant aimé l'aider en agissant contre l'avocat.

Cependant, sa vie et celle de sa famille auraient été menacées.

Il ne voulait pas non plus croire aux prémonitions de l'enfant.

Parmi l'une des visions de Malcolm figuraient les progrès de la médecine légale. Il savait que les drogues que Phalaris avait injectées à sa mère resteraient à tout jamais dans la mémoire de son corps. Les molécules resteraient dans ses cheveux. Lorsque la science progresserait, une analyse toxicologique pourrait révéler leur présence. Malgré les années qui passent, les dernières preuves de la culpabilité de Klaus Phalaris seraient scellées à tout jamais dans la tombe de sa mère.

***

Le cerveau de Malcolm était en pleine ébullition. Des visions incontrôlables de son avenir défilaient à toute allure comme des éclairs. Il venait de voir en une fraction de seconde toute sa vie défiler. Le temps tout entier avait complètement fusionné dans sa tête. Il était devenu à la fois jeune, adulte et vieux. Les secrets de son futur s'étaient dissipés. Il voyait tout et pouvait lire les pages de son livre. Un sursaut avait eu lieu. Il s'était levé et il marchait au milieu de la prophétie.

Chapitre X

Le nettoyage

Le maître, sur le perron de la porte de son cabinet, avait pris une décision : cette histoire ne devait plus être connue sous aucune forme.

Toutes les preuves et indices devaient disparaître. Rien ne devait rester. Il allait passer les prochaines années à effacer toutes les traces. Même sa fille Adeline décédée, qui était le leitmotiv de l'affaire, ne devait plus exister sur aucun document judiciaire, livret de famille, acte de naissance... Elle disparaîtrait comme si elle n'avait jamais existé.

Il ferait des lavages de cerveau à tous les témoins, notamment grâce à l'hypnose. En effet, il s'était extrêmement bien perfectionné et était devenu un expert pour effacer des souvenirs et les remplacer par des faux. Il utilisait également différents types de drogues qu'il leur injectait pour leur faire oublier ces séances.

Dans un premier temps, il fallait qu'il fasse le ménage de son propre côté, dans sa famille, dont sa femme et ses filles, mais aussi ses amis et collègues. Il trahissait la confiance de ses proches sans un seul pincement au cœur, comme si les sentiments des êtres humains ne servaient plus à rien !

Dans un deuxième temps, il interviendrait du côté de

Malcolm et de son entourage. L'enfant devait tout oublier. Il devait annihiler son don de voir l'avenir et détruire son intelligence. Il ne devait rien rester non plus dans la mémoire de sa famille, notamment de son père. Grâce à l'hypnose, il remplacerait leurs souvenirs par des faux.

Seuls les pions d'échecs dont il pouvait se servir lui importaient désormais.

Après quoi, il n'interviendrait plus dans la vie de Malcolm. Il aurait fait le nécessaire pour lui ôter la mémoire.

Il fallait à tout prix qu'il fasse disparaître toutes les preuves, au cas où Malcolm se réveillerait, il fallait que son entourage ait oublié toute cette affaire.

Au fond, l'important n'était pas que tout le monde oublie mais que tous les gens qu'il côtoierait lorsqu'il deviendrait adulte aient oublié tout cela. C'est pourquoi, c'était une idée de génie de discréditer à l'avance tous les propos de dénonciation venant de Malcolm s'il se « souvenait » un jour.

Mais une autre idée ingénieuse venait d'arriver dans son esprit mesquin. Pour embrouiller davantage Malcolm, il lui introduirait sous hypnose de faux souvenirs. Le maître inventa donc une histoire imaginaire avec des personnages fictifs n'ayant jamais existé. Il pensait que l'imagination de l'enfant ferait le reste pour créer des scènes illusoires. Ainsi, en inventant des personnages et des situations qui n'existaient pas, le futur adulte semblerait souffrir du « syndrome des faux souvenirs », et il serait discrédité auprès de toutes les personnes à qui il en parlerait. Son entourage le prendrait pour un fou. Les médecins le feraient interner dans un hôpital psychiatrique pour schizophrénie. Sa famille, son père, sa sœur, jusqu'à ses amis et collègues, refuseraient de le croire.

Lorsque Malcolm, en détresse, prendrait conscience que

personne ne voulait le croire, il pourrait devenir extrêmement agressif. Il rentrerait dans des rages folles avec ses amis qui se moqueraient de lui. Il se mettrait à devenir brutal, violent, déchaîné. Ne pas être reconnu comme une victime mais comme un aliéné, être le seul à connaître la vérité et ne pas réussir à convaincre ses proches, le ferait entrer dans un cercle vicieux : le vice du meurtre ! Peut-être y aurait-il en plus des prises de drogues au cours de soirées ; cocaïne, héroïne ou crack. Les nerfs du jeune adulte n'auraient pas réussi à contrôler sa violence. Et il se serait mis à massacrer son entourage. Le jeune garçon serait devenu un serial killer des plus fous, des plus incompris, des plus dépressifs et dangereux. Du haut des gradins, le maître se serait félicité de sa réussite, de son œuvre. Sa vengeance inconsidérée aurait atteint le sommet de son existence. Sans rien dire à personne, il aurait savouré très lentement jusqu'à la fin de sa vie, cette victoire barbare et inhumaine. Malcolm serait devenu un tueur.

Ainsi, le maître venait-il de prendre une assurance qui lui aurait permis de gagner sur les deux tableaux. Il était persuadé de remporter son pari. Même si Malcolm venait le voir pour le tuer, il gagnerait. Malcolm serait, là aussi, devenu un tueur. Il se serait fait tuer par l'assassin de sa fille Adeline, qui aurait été jugé après.

Au cas où Malcolm ne l'attaque en justice un jour, il passerait les années suivantes à soigner son image auprès de son entourage. Il rentrerait même dans une association caritative pour paraître quelqu'un qui a du cœur. Tout le monde le percevrait comme un bienfaiteur de l'humanité.

Le maître venait d'établir ses plans diaboliques contre Malcolm.

3ᵉ Partie

Chapitre I

Le surgissement

Malcolm avait beaucoup grandi. Il venait de fêter ses dix-neuf ans. Il avait eu une adolescence difficile, parsemée de crises d'adolescence et de quelques problèmes avec la justice. Malgré tout, il avait obtenu son baccalauréat général au lycée de Létoon. À la rentrée de septembre 2005, il intégra les cours de l'université de Mycènes. Avec son père, ils avaient trouvé un logement non loin de la faculté dans une colocation avec des personnes sympathiques. Il rentrait généralement les week-ends à Thèbes pour voir son père, qui s'était remarié, ainsi que ses amis. Le début de l'année scolaire s'était plutôt bien déroulé.

Après les fêtes de fin d'année, au mois de janvier 2006, il devait commencer un petit stage obligatoire la semaine suivante dans le cadre de ses études. Il avait trouvé une entreprise d'accueil grâce au mari de l'associée de son père, qui travaillait dans une société de carrosserie juste à côté de Thèbes. Il savait qu'il ne retournerait pas à Mycènes avant deux semaines. Par conséquent, il profita des soirs de la semaine pour aller boire quelques bières chez un bon copain qu'il connaissait depuis quelques années. Cet ami, un certain Steve, originaire d'une ville voisine de Thèbes, faisait également ses études à Mycènes. Ils avaient sympathisé il y a plusieurs années grâce à un ami commun.

Le lundi matin, le réveil résonna dans les oreilles de l'étudiant. Il était sept heures et il devait se rendre pour la première fois sur son lieu de stage en entreprise. Le travail débutait à huit heures.

Il s'habilla mieux qu'à son habitude, avec une chemise. Il voulait être élégant pour son premier jour afin de faire bonne impression. Son père dut l'emmener avant d'aller travailler. Ils s'étaient arrangés la veille ainsi parce que Malcolm ne voulait pas qu'on le voie arriver avec sa vieille voiture Renault de couleur rouge. Elle était encore à son grand-père mais il la lui avait prêtée. Certes, elle était pratique pour transporter du matériel mais l'état de la carrosserie laissait à désirer. Il pensait la restaurer un jour. En attendant, il se montrait le moins possible avec, de peur de subir des moqueries.

Son père connaissait l'adresse de l'entreprise et le déposa devant. Malcolm arriva en avance mais cela lui permettrait peut-être d'être mieux vu. Il entra dans le périmètre et contempla la société. Il saisit la poignée de la porte du hall d'entrée, qui ne semblait pas être verrouillée. Il n'y avait pas de comité d'accueil, il n'osa donc pas aller plus loin. Il resta derrière le comptoir et appela. Une dame arriva et une discussion débuta :

— Bonjour, je suis Malcolm. Je suis le nouveau stagiaire, expliqua-t-il.

— Enchanté. Mais monsieur Anderson, le directeur n'est pas encore arrivé. Il sera votre maître de stage.

Malcolm fut invité à boire un café qui commençait à peine à couler. Tout en patientant, il observa avec attention les bureaux. Ils étaient relativement vieux mais bien entretenus.

Une quinzaine de minutes plus tard, un homme approcha du jeune adulte :

— Bonjour, je suis monsieur Anderson. Bienvenue. Je vais vous montrer où vous serez installé.

Malcolm prit place dans un bureau au fond du local. Une table, une chaise et de l'équipement informatique s'y trouvaient. Le directeur poursuivit :

— Cependant, je n'ai pas encore tout préparé pour le début de votre stage. En attendant et pour votre premier jour, je vais vous donner un peu de travail administratif à faire.

Le temps passa, Malcolm avait allumé l'ordinateur pour travailler. À la demande de son directeur, il devait imprimer les logos de l'entreprise sur des feuilles A4 autocollantes. Après plusieurs tentatives qui se soldèrent par un échec, le stagiaire réussit à imprimer correctement les logos avec le bon alignement. Ses cours d'informatique à l'université ne lui avaient pas vraiment servi. Il dut improviser. Ensuite, sa mission était de coller le logo fraîchement imprimé sur des calepins, selon leurs couleurs. Il s'agissait de références pour le choix des peintures qui servaient aux clients pour la commande de camions.

Malcolm décollait et collait les étiquettes une par une, telle une machine. La tâche était répétitive. Les logos du groupe qui avait été créé suite au rapprochement de trois sociétés de carrosserie défilaient sous ses yeux.

Le symbole imprégna lentement tout son cerveau. Le détonateur venait de s'enclencher. Le barrage de son inconscient commença à se fissurer. Des flashs dans l'esprit de Malcolm arrivèrent comme des éclairs. La foudre venait de s'abattre sur lui. Son rythme cardiaque s'accéléra brusquement. La chimie de son cerveau s'était activée. Le barrage avait craqué. Le passé surgissait. Il se souvenait !

Chapitre II

Le cours

Juste avant d'obtenir son baccalauréat au lycée de Létoon, Malcolm avait dû choisir de poursuivre ou non des études secondaires. Il avait beaucoup réfléchi quant au lieu et au type d'études qu'il souhaitait faire. Durant cette période, il ne savait pas vers quelle voie se tourner. Pourtant, quelque chose de très fort l'avait poussé à se diriger vers un emplacement bien précis. Cette force, comme un aimant, l'avait mené jusqu'à ce lieu. Malgré ses souvenirs oubliés, son subconscient l'avait dirigé vers cet endroit unique. Comme gravé dans son sang, un lien avait été créé entre lui et Klaus Phalaris. Malcolm s'était minutieusement programmé pour le pourchasser partout où il serait. Telle son ombre, il le retrouverait n'importe où. Il ne s'agissait aucunement d'une simple coïncidence. Le hasard n'avait pas de place dans ce choix. Grâce à ses visions, le jeune Malcolm de l'époque se voyait croiser un matin de septembre 2005 l'homme qui avait fait du mal à sa mère treize ans plus tôt. L'avocat n'avait plus aucun endroit où se réfugier ; quelqu'un suivait sa piste. Les rôles venaient de s'inverser, Klaus était devenu la proie. Une chasse à l'homme venait de s'ouvrir. La vie de Malcolm tout entière était vouée à cette traque. Tout était décidé à l'avance.

Comme si sa vie avait été écrite dans un livre. La main de Dieu l'avait guidé jusqu'à l'assassin de sa mère. Telle était la prophétie.

***

Les deux semaines de stage passèrent. Malcolm était retourné à Mycènes où le train-train habituel battait son plein. Il allait de temps en temps en cours, mais parfois il restait chez lui car il était épuisé. Il avait décidé de se rendre à l'université le samedi matin pour assister au cours de Klaus Phalaris, son professeur de droit, qui enseignait à l'université en plus de son métier d'avocat. Il y tenait vraiment, il devait l'affronter en face, peut-être qu'il en apprendrait davantage sur lui.

Le vendredi soir, il avait organisé une petite soirée avec ses amis colocataires. Fritz, son colocataire allemand lui avait demandé de l'aide pour préparer le repas du soir. Au menu : des pâtes à la bolognaise, un repas très courant chez les étudiants, et même devenu traditionnel.

Le soir, il était sorti de la cour pour se retrouver devant l'autre porte de la propriété de Mme Adams. Cette maison était très grande, son architecture était en forme de U, il y avait plusieurs entrées. Ainsi, rejoignait-il par la cour le deuxième appartement du bâtiment où se trouvaient ses autres colocataires. Muni d'une bouteille de vin, il appuya son doigt sur le bouton du boîtier de forme rectangulaire qui servait de sonnette. Une voix répondit, c'était Fritz en personne qui lui parlait dans le haut-parleur :

— Oui, qui est là ? interrogea la voix en français.

— Salut, c'est Malcolm.

Le bip de l'ouverture de la porte se fit entendre. Il poussa le battant avant que le bruit n'eût cessé. Il n'était pas enthousiaste à l'idée de monter deux étages, mais il devait faire un petit effort. Il ne capitula pas devant la tâche et se lança. Au bout d'une minute ou deux, il arriva au sommet. Étant donné que Malcolm n'était pas sportif du tout, Fritz l'accueillit en triomphe. Il était essoufflé. Les deux compères se dirigèrent vers la cuisine, la faim au ventre. Il salua les autres colocataires qu'il connaissait bien. Pendant que Malcolm tranchait des poivrons et des oignons, il ne cessait pas de penser à Phalaris et à ce qu'il lui avait fait. Il n'y avait rien à faire, il y pensait toujours. Il ne perdait pas de vue qu'il allait le voir le matin suivant. Pendant ce temps, l'Allemand s'occupait de la viande, qu'il cuisait avec habileté. Il y avait plus de bouteilles d'alcool sur la table que d'assiettes, la soirée s'annonçait festive.

Vers minuit, Malcolm rentra se coucher. Il s'allongea sur son lit, ses pensées se déchaînaient dans sa tête. Il savait très bien qu'il n'était pas près de s'endormir. Bref, il rabattit sa couette sur son corps jusqu'au cou, et la replia sur les côtés, de façon à empêcher toute infiltration d'air pour ne pas attraper froid.

Le lendemain matin, à sept heures tapantes, le réveil de son téléphone portable se déclencha, rythmant les bips. Malcolm se réveilla péniblement. Il attrapa son téléphone, entra dans le menu et cliqua sur la rubrique « Horloge ». Il repoussa l'heure du réveil à sept heures dix, puis il se rendormit en poussant un soupir : il est déjà l'heure, pensa-t-il. Il fit cette opération deux nouvelles fois jusqu'à sept heures trente. Maintenant il était grand temps de se lever. Il sortit de son lit douillet et bien chaud pour atterrir dans un air frais qui le fit frissonner. Il se dépêcha d'attraper son peignoir de bain qu'il n'hésita pas à enfiler pour se réchauffer. Il alluma sa bouilloire afin de faire chauffer l'eau pour son thé. Il enfila son pantalon, son tee-shirt et son pull. Il alluma la lumière de son aquarium et ouvrit la trappe pour nourrir les petits poissons. Ces derniers ne réagirent pas immédiatement car ils étaient encore endormis au fond du bac. Le thé était servi, cela allait le réveiller un peu. Il sortit de l'étagère ses biscuits fourrés au chocolat ; le petit-déjeuner était servi. Il était sept heures quarante, plus que dix minutes avant de sortir. En cinq minutes, il engloutit deux biscuits et le contenu du thé qui se trouvait dans la tasse. Les cinq minutes restantes étaient réservées à la coiffure et au brossage de dents. Il était presque sept heures cinquante, il était temps de décoller. Il enfila sa veste avec du tabac dans la poche et s'en alla.

En sortant, il se dépêcha d'allumer sa cigarette, il respira une profonde bouffée comme pour évacuer un stress profondément enfoui. Il emprunta plusieurs rues pour se rendre à la faculté. Il traversa un petit cours d'eau en passant sur un pont. Au passage, il cherchait à observer les poissons dans le ruisseau. Après plusieurs coups d'œil, il réussit à trouver de gros poissons qui tentaient de lutter contre le courant relativement violent, de façon à rester immobiles dans l'eau.

Enfin, il atteignit l'université sans grand enthousiasme, mais avec plutôt une angoisse qui lui faisait mal au ventre. Il n'était pas malade mais le stress était responsable de cette douleur. Il était tout juste à l'heure. Il reconnut quelques camarades de classe qu'il salua brièvement ; eux aussi grillaient leurs cigarettes avant d'entrer en cours.

Il passa la porte d'entrée et se dirigea devant l'amphi principal. Il y avait pas mal d'étudiants qui attendaient le début du cours dans le hall. D'une main furtive, il attrapa la poignée de porte. Il retint sa respiration, et passa son corps dans l'encadrement de la porte pour entrer dans l'arène du maître.

Il y était. Il se tourna vers la gauche pour se diriger vers sa place. Il aperçut Phalaris, se tenant droit devant l'amphi, le menton haut. Il n'avait pas encore aperçu le garçon. Malcolm continua à marcher dans sa direction car il devait passer devant lui pour gagner sa place. Le maître l'aperçut, les deux ennemis jurés se regardèrent comme s'ils ne se connaissaient pas. Malcolm se força à lui lancer un beau sourire hypocrite. Son cœur battait à vive allure, il eut même peur que le maître n'entende ses battements cardiaques, puis il osa lui parler :

— Bonjour, maître ! fit Malcolm.
— Bonjour, jeune homme, répondit l'avocat.

Le maître était vêtu en ce jour d'un très beau costard noir. Cette couleur l'attirait, elle lui permettait de se rendre compte à quel point cet homme était obscur. Son visage tout entier avait changé. Nous aurions dit qu'une peau sombre était prête à tomber tellement elle avait vieilli par les crimes qu'il avait commis. Ce masque de bienfaiteur de l'humanité, s'il venait un jour à tomber, laisserait à la vue de tous son véritable visage.

Leurs regards se perdirent. Malcolm était fier de son acte. Il se sentait un peu plus fort qu'avant mais encore très faible. Il grimpa les marches de l'escalier pour atteindre sa place et retrouver ses amis avec qui il était en groupe le reste de la semaine. Il atteignit presque le sommet de l'amphi quand ses camarades le reconnurent. Ils se levèrent pour le laisser passer afin de rejoindre sa place. Il s'assit sans faire attention à l'avocat. Il se mit à sortir quelques bêtises pour les faire rire afin de montrer au maître qu'il était en grande forme. Il fallait à tout prix que le criminel ne se doute de rien concernant sa mémoire retrouvée. Phalaris commença son cours. Quelques élèves continuaient à entrer dans l'amphi, dérangeant les rangées afin de se trouver une place pour s'asseoir. Mais ce comportement ne semblait pas agacer l'intervenant. En effet, maître Phalaris tenait à afficher une image de professeur cool avec ses élèves. Il n'était pas strict, il savait faire rire ses élèves, et cela fonctionnait bien, tout le monde l'adorait, même Malcolm l'admirait beaucoup au début de l'année. Sans pouvoir l'expliquer, il fascinait le jeune homme. Il est vrai que Klaus était un très bon orateur, il avait une voix tonitruante. S'il avait vécu à une autre époque, il aurait pu être un excellent dirigeant politique, endoctrinant toutes les foules, leur faisant croire n'importe quoi, en les manipulant à tout va.

Malcolm le regardait comme nous regardions un banal professeur, en laissant apparaître sur son visage une certaine joie. Joie qu'il contrôlait en ricanant avec ses camarades tout en inscrivant des phrases successives sur sa feuille ; il notait le cours. Le jeune homme remarqua du coin de l'œil que le maître l'observait attentivement. Il y avait peut-être cent personnes dans la salle. Mais il en regardait une seule ; c'était Malcolm. Il s'arrêta de rire un instant avec ses camarades, le maître tourna son regard, Malcolm se mit à l'analyser rapidement. À cet instant précis, leurs regards s'accrochèrent, tel un aimant attirant un morceau de métal. Malcolm se sentit soudain comme paralysé. Pendant quelques secondes, il était incapable de changer sa vue de direction. Il était hypnotisé. Les deux anciens ennemis se regardaient mutuellement. Le jeune adulte tentait de toutes ses forces de se contrôler, de ne pas laisser échapper un regard qui trahisse ses pensées. Malcolm, en analysant son regard, avait eu une peur terrible. Il revoyait pour la première fois ce regard qu'il avait vu pour la dernière fois il y a quatorze ans, un regard de haine, qui lui disait : « Que fais-tu dans mon cours ? Qui es-tu pour venir me traquer jusqu'ici ? De quoi te souviens-tu ? Que veux-tu ? »

Son pouls s'accéléra.

Malcolm reprit le contrôle de son être. Il réussit à détourner son regard. Pendant qu'il regardait sa copie, il inscrivit rapidement la phrase que le maître avait dite. Il n'osa pas tout de suite le regarder, il était très troublé et avait du mal à se remettre de ce qu'il avait vu.

Le cours passa quelque peu. Malcolm se remit à bavarder avec ses camarades. Soudain, tout en rigolant, le maître le fixa de nouveau. Malcolm l'avait remarqué. Tout en marchant, l'avocat l'observait encore, pas pour ses bavardages car d'autres personnes parlaient et Malcolm venait de se taire, mais pour le fusiller du regard. Il était observé depuis plusieurs secondes par de grands yeux noirs menaçants. Si le maître avait eu des mitraillettes à la place des yeux, il l'aurait massacré.

Il était maintenant dix heures, c'était l'heure traditionnelle de la pause. Phalaris interrompit son cours comme tous les samedis matin. Une bonne partie de l'amphi se leva en direction de la sortie. Malcolm et ses camarades suivirent le groupe. Il y avait un embouteillage dans l'escalier. Il fallait faire la queue pour sortir. Ils atteignirent enfin le hall d'entrée. Certains des élèves allèrent s'aérer à l'extérieur du bâtiment histoire de fumer une cigarette. La bande de copains resta stationnée dans le hall pour discuter du week-end. D'un seul coup, le maître débarqua. Il se plaça à côté de Malcolm et ses copains, de sorte à pouvoir leur parler. Malcolm semblait en forme et prêt à tenir tête au maître, car ce dernier paraissait vouloir discuter avec le groupe d'amis. David commença :

— Avez-vous vu les informations, le tragique accident qui a tué quatre personnes ?

— Oui, mais je ne regarde jamais la télévision, je passe tout mon temps libre à lire. Je lis de tout, répondit le maître.

Les étudiants s'étonnèrent, David reprit la parole. Malcolm regarda parler son copain qui était en face de lui et à côté du maître. Il remarqua très discrètement du coin de l'œil que le maître l'observait avec attention. Il l'analysait, comme on observe une personne que l'on n'a pas vue depuis très longtemps. Malcolm savait que Phalaris n'avait pas remarqué que le jeune adulte le regardait aussi. David reprit :

— Avez-vous Internet ? Ou êtes-vous contre ? questionna l'étudiant.

— Pas du tout, Internet c'est très utile mais il faudrait une autorité pour interdire certains sites comme les sites pédophiles, s'exclama-t-il en regardant Malcolm.

— Peut-être mais c'est tout de même difficile d'en trouver, ils sont censurés, rétorqua Malcolm.

Ils continuèrent à dialoguer quelques minutes quand le maître se mit à parler de lui :

— J'ai deux filles.

À cet instant, Malcolm savait qu'il n'était pas victime d'hallucinations concernant ses souvenirs, il n'était pas fou. Il se souvenait qu'en étant enfant, le maître lui avait dit qu'il avait deux autres filles. Comment aurait-il pu deviner ces données s'il avait été fou ? Son rythme cardiaque augmenta à cet instant, mais il contrôlait parfaitement son corps.

Au bout de vingt minutes de break, les étudiants retournèrent dans l'amphi. Dans la classe, la voix tonitruante du maître retentit de nouveau.

Chapitre III

L'aide

Malcolm se trouvait désemparé. Il se sentait seul au monde avec ses souvenirs cauchemardesques. Il avait compris que pour s'en sortir, se sortir du puits, il devait l'évoquer avec son entourage. Seulement s'il en parlait à sa famille, à son père et aux autres, ils lui en voudraient ou ne le prendraient pas au sérieux. Son image de bon garçon serait bafouée, au point de le discréditer. Les effets de cette langue bavarde l'enfonceraient encore plus profond dans le gouffre. En parler à ses amis proches ? Qu'est-ce qu'il leur raconterait ? Leur parler des expériences de Phalaris ? De sa mère ? Malcolm avait du mal à prédire leur réaction. Mettons-nous à sa place. Au début de l'âge adulte, des souvenirs, ou plutôt des cauchemars, ressurgissent comme par miracle. Vous ne disposez d'aucune preuve valable, vous en parlez à votre meilleur ami. À votre avis, quelle sera sa première réaction ? Il répondrait certainement :

— Comment cela se fait-il que tu t'en souviennes seulement maintenant ? Tu as sans doute fait un mauvais rêve. Comment cela se fait-il que tes parents ne s'en soient pas rendu compte ?

Malcolm décida de ne pas en parler à ses proches. Mais

dans ce cas, à qui en parler ? Il commençait à comprendre que seule une personne extérieure pourrait le conseiller, voire l'aider. Mais dans ce cas, qui ? Au premier venu dans la rue ? À un passant ? Pour qu'il appelle le SAMU et le transfère à l'asile !

Soudain, une idée vint au jeune adulte. Et s'il en parlait à un ancien professeur. Un professeur qu'il avait connu, qu'il avait eu en cours pendant une ou deux années. L'idée était vraiment parfaite.

Malcolm a toujours été bien vu par bon nombre de professeurs durant sa scolarité, grâce à sa courtoisie et sa sincérité. En effet, lorsqu'il était au collège puis au lycée et qu'il y passait toutes ses journées, les enseignants apprirent à le connaître, et même très bien. Parfois même ils connaissaient ses problèmes familiaux et ses petits soucis de tous les jours puisqu'ils passaient beaucoup de temps ensemble. Ils étudièrent son caractère, unique et propre. Dans ces circonstances, le professeur devient non seulement un psychologue, qui conseille, renseigne et aide, mais aussi un membre de la famille. Un enseignant devient alors un proche mais tout en restant suffisamment éloigné pour ne pas remplacer un membre de la famille. Il ne devient ni un troisième parent ni un parrain, ni un ami, mais un confident.

Malcolm savait maintenant sur qui compter. Il passa profondément en revue, dans sa tête, la liste de ses anciens professeurs. Les enseignants de l'université furent très vite tous mis hors jeu ; le motif était bien sûr que tous ces adultes étaient des collègues voire des amis de Phalaris. Ces individus prendraient ces paroles, contre leur collègue, comme de la diffamation pure et dure. Les conséquences de ses accusations seraient ravageuses. D'une part, Malcolm serait catalogué comme aliéné. D'autre part, il se produirait très vite un effet de bouche-à-oreille et les rumeurs finiraient leur course dans les oreilles de Phalaris.

Puis, vous vous doutez bien des effets que produirait ce mauvais bavardage. Cela pourrait finir en procès devant le tribunal pour diffamation. Mais d'un autre côté, Malcolm n'avait pas été assez proche de ses enseignants de la faculté pour qu'une confiance s'établisse.

Le rescapé continua de chercher une personne clé, à qui il pourrait se confier. L'école primaire et l'école maternelle étaient trop éloignées dans le temps pour y trouver un confident. Ses anciens maîtres d'école ne se souviendraient sans doute plus du jeune homme. De plus, ils ne le croiraient pas, tout simplement parce que les évènements s'étaient déroulés durant cette période.

Il continua ses recherches. Il se pencha vers le collège et lycée. Il y trouva effectivement une personne qu'il avait eue en cours, en quatrième et en seconde.

Quelqu'un de particulier, une femme hors du commun avec laquelle il percevait une grande proximité. Cette femme s'appelait Samantha, professeur au collège et lycée de Thèbes. Elle avait toujours fasciné le garçon dès les premières heures de cours qu'il avait eues avec elle. Si elle sortait de la masse, c'est parce qu'elle avait une capacité étonnante à enseigner. Elle réussissait à intéresser le plus désintéressé des élèves à sa matière, l'histoire-géographie.

Ses cours étaient très vivants, elle y mettait de la volonté, de l'énergie et parfois même beaucoup d'humour. Mais elle restait tout de même stricte, c'était une femme très droite, elle n'acceptait pas de débordements en cours.

Le point commun entre Malcolm et elle était peut-être un certain manque de confiance en eux. Certes, Samantha était un très bon professeur mais Malcolm l'imaginait comme une personne qui n'était pas sûre d'elle, non pas de son enseignement, qui était presque parfait, mais plutôt dans son épanouissement personnel.

Cette femme semblait avoir eu des souffrances dans son jeune âge, souffrances qu'elle n'avait pas pu combler par le seul fait de sa foi en Dieu.

Mais il avait été attiré par Samantha aussi pour d'autres raisons. Il se souvenait de ses cours qui étaient souvent interrompus par ses convictions religieuses. Elle relatait l'histoire du Christ et de la Bible. Elle s'était vouée à enseigner la parole du Christ en plus de sa matière.

Samantha semblait donc la personne idéale, une personne qui garderait ses confidences, qui l'écouterait sans le juger, lui qui avait besoin de tout sauf d'être jugé. Il opta pour cette enseignante. Il ne la connaissait pas énormément, mais il était important de tenter sa chance. Il verrait bien le résultat, il avait tout de même confiance en elle ; au pire il ne perdrait rien, au mieux il en avait à gagner.

Chapitre IV

La prise de contact

Malcolm décida de prendre contact avec Samantha. Il ne savait pas où elle vivait. Peut-être que l'enseignante leur avait parlé de son lieu d'habitation pendant les cours, mais Malcolm ne s'en souvenait plus.

Il se retrouva devant l'ordinateur de la maison à Thèbes. Il l'alluma. Quelques instants plus tard, la page Windows XP s'afficha, c'était bon signe. L'ordinateur fonctionnait. Il double cliqua sur la page Web ; la page Google apparut à l'écran. Pour faire sa recherche, il entra les mots « pages blanches ». Quelques courts instants de chargement, puis il arriva sur l'entrée du site. Il n'avait plus qu'à entrer le nom de famille. Quant à la ville, il ne la connaissait pas donc il laissa la case vide, il inscrivit juste le département. Il n'avait pas perdu de vue son nouveau nom de famille datant de son mariage. Il le tapa dans la case appropriée. Il y eut un court temps de chargement, puis une toute petite liste de noms apparut ; il pouvait y lire le prénom « Marcel », domicilié à Thèbes. Non, ce n'était pas elle, elle n'habitait pas dans cette ville. Il y avait une certaine Jane, certainement une vieille femme veuve, ce n'était pas elle non plus. Avec un soupir de désespoir, il se rendit compte que la liste s'achevait là ; pas de Samantha. Malcolm sentit son cœur se comprimer.

Mais il ne fut pas plus inquiet que cela, il savait où la trouver : à l'établissement où elle enseignait, bien sûr. Il persista dans ses recherches. Il n'aurait qu'à passer un coup de fil à l'école sur le coup de dix heures du matin pendant la pause ou juste après midi. Au bout de quelques tentatives, il réussirait à l'avoir au bout du fil.

Le lendemain à dix heures, il tenta sa chance. Il prit le téléphone et s'enferma dans sa chambre. Il mit un fond de musique pour couvrir les sons indiscrets qui sortiraient par la porte à la recherche d'une oreille perdue se baladant dans les entourages. Il composa les chiffres du numéro de téléphone de l'établissement. Pendant un court moment de silence, Malcolm retint son souffle en se préparant psychologiquement. Quelqu'un parla, c'était la secrétaire :

— Bonjour, collège et lycée de Thèbes. Qui ai-je à l'appareil ? interrogea une voix féminine.

— Bonjour. Je suis Malcolm, un ancien élève de votre école. Je voudrais contacter Samantha. Pouvez-vous me la passer si elle est disponible ? fit le jeune homme.

— Un moment s'il vous plaît, je vais voir, répondit la femme.

Quelques minutes plus tard, alors que Malcolm s'impatientait, la secrétaire réapparut.

— Désolée, mais je ne la trouve pas. Réessayez plus tard, acquiesça la voix.

Les deux individus se saluèrent et raccrochèrent le téléphone. Malcolm renouvela son appel à midi. Il refit les mêmes mouvements puis dit les mêmes mots que précédemment :

— Samantha est déjà partie. Voulez-vous que je lui laisse un message ? dit la même voix que le matin.

— Oui je veux bien, s'il vous plaît. Pouvez-vous lui dire que je suis l'un de ses anciens élèves et que je souhaiterais la contacter. Je vous remercie. Bonne journée, termina Malcolm.

Il raccrocha le téléphone.

La journée passa sans que Samantha ne le recontacte. Malcolm s'impatienta car c'était dans sa nature. De longues journées s'écoulèrent sans aucune réponse de sa part. La secrétaire avait-elle seulement laissé le message à Samantha ? Il se posait beaucoup de questions à ce sujet. Pourtant l'enseignante ne semblait pas du genre à envoyer promener les élèves.

C'est pourquoi il décida de tenter sa chance par un autre moyen. De caractère perspicace, il prit conscience que, pour la joindre, il ne restait plus que la voie postale. Il n'avait plus qu'à écrire une lettre qu'il posterait directement dans la boîte aux lettres de l'établissement.

Il se mit donc au travail. Il descendit dans le bureau de son père, ouvrit l'armoire et y tira deux feuilles blanches A4 sans perforation. Il en prit deux au cas où il ferait des fautes sur la première. Cette précaution lui éviterait de devoir redescendre si la première feuille était gâchée. Il jeta un bref coup d'œil dans le salon pour éviter qu'une personne ne lui pose des questions intrusives concernant ces feuilles. Il remonta aussitôt dans sa chambre en empruntant l'escalier en béton. Il s'installa confortablement sur sa chaise, devant son bureau. Il arracha une feuille de brouillon d'un cahier inutile pour y rédiger un premier exemplaire de sa lettre. Il commença sa lettre en se présentant rapidement. Puis il expliqua qu'il souhaitait la rencontrer pour lui parler de problèmes qui l'inquiétaient concernant son enfance. Il raconta d'autres bricoles en parlant des bonnes années qu'il avait passées grâce à ses cours. Au bout de quelques minutes, le brouillon était achevé, il ne lui restait plus qu'à rédiger la lettre au propre. Il saisit la feuille blanche entre ses mains, la plaça contre la table. La qualité de la lettre accentuerait peut-être le résultat.

Il la rédigea. Il inscrivit la date, le lieu d'où il écrivait, ainsi que le contenu du brouillon. Il laissa ses coordonnées, puis signa. Sa tentative de prise de contact était prête à être postée par ses propres soins.

Il attendit que le soleil se couche pour aller se balader dans la rue. Il irait jusqu'à l'école à pied, cela lui ferait une bonne promenade. Donc, après manger, il attrapa sa lettre et l'introduisit dans la poche intérieure de sa petite veste de printemps, veste qu'il enfila. Il saisit également ses cigarettes au menthol. Il descendit les escaliers jusque dans le salon. Sans prévenir son père, il ouvrit la porte et quitta le foyer familial. Il passa la petite grille, puis dévala la pente jusqu'au petit portillon qui séparait la rue de chez lui. Il introduisit la clé dans la serrure du portail.

Il traversa l'impasse en profitant de l'air frais pour y déposer une cigarette dans sa bouche. Il chercha un bon moment son briquet qu'il finit par attraper dans sa poche. Mais ce dernier était réticent au point de bouder et de ne pas s'allumer.

— Dommage ! Où vais-je trouver du feu ? pensa Malcolm.

Il coinça la cigarette neuve sur son oreille de façon qu'elle reste en équilibre. Puis il continua son chemin.

Après avoir emprunté plusieurs rues en direction de l'école et au bout d'un gros quart d'heure, il arriva à destination. Il entra sur le parking de l'établissement tout en le regardant fixement. Pendant qu'il marchait vers la boîte aux lettres, il se remémorait les souvenirs qu'il avait de son époque au collège et au lycée.

Il se rappelait bien la fois où il avait passé un examen blanc. Dans la salle de permanence où tout le monde écrivait comme des fous, lui était là, à les regarder faire. Il ne faisait rien, relisant plusieurs fois les brèves questions posées. Il s'entêtait à ne rien faire, il était en pleine crise d'adolescence, c'était en classe de seconde.

Malcolm leva la tête, il aperçut la caméra du lycée en haut dans le fond de la cour. La caméra devait avoir un bon profil de son corps. Il savait que l'école était surveillée par un groupe privé de sécurité. Il s'agissait d'un établissement privé sans histoires, la discipline y était très stricte.

Les élèves qui fréquentaient cette école étaient pour la grande majorité des enfants de classe moyenne voire de classe aisée. Le niveau d'études était plus élevé que dans les autres lycées de la ville. Le taux de réussite au baccalauréat général y était de 100 %.

Pourtant, il y avait des caméras aussi bien à l'extérieur du bâtiment que dans les couloirs. La surveillance des locaux était omniprésente. Malcolm s'était toujours plaint du manque de liberté dans ce lycée, tout était surveillé, contrôlé. Les moindres fautes commises volontairement ou par maladresse étaient sanctionnées. La direction tenait beaucoup à l'exemplarité des élèves. Chacun devait être un exemple pour l'autre. La mentalité ressemblait à celle que nous connaissions au début du dernier siècle, c'est-à-dire une mentalité spartiate de la vieille époque. Difficile de la critiquer car l'école était de plus en plus cotée, le taux de réussite au bac en était l'explication.

Le jeune adulte se retrouva enfin nez à nez avec la boîte aux lettres, il s'arrêta net. Il contempla la boîte, elle était de taille moyenne, de couleur jaune clair. Sa couleur lui faisait penser au sable chaud des vacances. À travers ce rayon de soleil, il voyait l'espoir tant attendu d'une rencontre avec elle. Il pourrait enfin pouvoir exposer ce qu'il avait sur le cœur.

Sans trop hésiter, de peur que les vigiles ne le repèrent sur la bande-vidéo en le prenant pour un squatteur, il glissa la main dans la poche de sa veste et y saisit la fameuse lettre. Il ouvrit la trappe de la boîte et y glissa l'enveloppe. Il laissa le battant claquer. Il sonna creux. Il n'y avait pas de courrier, remarqua Malcolm.

Il rebroussa chemin dans les plus brefs délais. En sortant du petit parking, il aperçut deux individus qui rôdaient dans la rue. Malcolm les accosta :

— Bonsoir, vous n'auriez pas du feu s'il vous plaît ? demanda Malcolm.

Un adolescent habillé en skateur se mit à trifouiller dans sa poche. Il en sortit un briquet et le tendit à notre ami. Il le remercia et attrapa une cigarette au menthol dans sa poche. Il la coinça entre ses lèvres, et tendit le gros briquet vers sa bouche. Il alluma sa cigarette. Étrangement, le briquet s'illuminait de bleu, de rouge, de vert.

Malcolm ne fit pas de commentaire, trop occupé à penser à cette enveloppe et à son destinataire. Il remercia une fois de plus les deux personnes et traça son chemin.

Il tira plusieurs fois sur sa cigarette en savourant les bouffées de fumée qu'il sentait monter au cerveau. Il se sentait mieux à présent, les effets de la nicotine remplissant leur rôle. Sa tête tournait légèrement, anesthésiée par la nicotine. Délicatement, le stress et l'angoisse s'installèrent en lui pour ne plus le quitter.

Chapitre V

La rencontre

Malcolm avait donc posté sa lettre, il ne lui manquait plus qu'une réponse. Il se coucha la nuit en se demandant si Samantha n'allait pas l'oublier. Il verrait bien ce que cela donnerait, pensa-t-il. Il s'allongea sur son lit, tracassé. Il avait du mal à s'endormir, une fois de plus, le temps paraissait long et les nuits étaient courtes. Une petite insomnie était au rendez-vous. Finalement, après plusieurs heures à se tourner et à se retourner dans son lit, il finit par trouver le sommeil. Un sommeil tourmenté car il se réveilla plusieurs fois au milieu de la nuit. En fin de compte, des rêves tendres commencèrent.

Le matin, il se réveilla vers onze heures. Il s'était accordé une grasse matinée. Au programme : un petit-déjeuner léger puisque le repas de midi serait servi vers treize heures trente. Un bon café au lait, un morceau de pain accompagné d'une cuillerée de confiture et d'un bout de beurre lui permettraient de se réveiller en douceur. Il savourait son café matinal, bien sucré comme il l'aimait.

En ce jour, un samedi, il savait pertinemment que Samantha avait cours le matin. Il espérait qu'elle lise sa lettre. Le repas de midi passa aussi vite qu'il avait commencé. Il n'y eut pas de coup de téléphone. L'après-midi parut long. Tout en écoutant la radio sur sa chaîne hi-fi, Malcolm passa sa journée à faire des allers-retours dans sa chambre tel un soldat faisant le guet devant un poste avancé.

Dans la soirée, la surprise arriva. Son téléphone portable se mit à sonner. Dans sa poche, l'appareil vibrait, donnant un petit concert tonitruant. Qui cela pouvait-il être ? Sans doute Samantha ! Il se dépêcha de rentrer sa main dans sa poche. En fouillant son contenu, il réussit, au bout de quelques secondes, à sortir l'appareil. Il s'agissait d'un numéro qu'il ne connaissait pas. Il s'activa pour décrocher, retenant sa respiration :

— Oui ? dit l'adulte en détresse.

— Bonjour, Malcolm. Samantha à l'appareil. J'ai bien reçu ta lettre.

— Bonjour, merci de m'avoir appelé. Pourrions-nous nous voir samedi prochain dans l'après-midi ? demanda-t-il.

— Oui, bien sûr, je suis disponible. Écoute, tu es le bienvenu chez moi. Je suis là pour t'écouter. Je te donne mes coordonnées. Je vais t'indiquer comment venir...

— Je vous remercie beaucoup de m'accorder du temps. Je vous salue bien et je vous dis à samedi, termina-t-il.

— Entendu. Bonne soirée, à samedi prochain.

Malcolm raccrocha le téléphone, le sourire aux lèvres, le cœur heureux et le souffle calme. Il était enthousiaste. Il voyait l'espoir venir à lui. Il allait enfin pouvoir parler de ses souvenirs douloureux, c'était une première. Il passa sa tête par la fenêtre et contempla la nature devant ses yeux. Il observa une mésange bleue qui s'était posée dans son jardin, sur un petit arbuste. Elle chantait à tout va. Il semblait que son gazouillis était pour lui. Elle le regardait comme si elle voulait lui dire : « Ne t'inquiète pas mon garçon. Nous veillons sur toi. Tout va bien se passer maintenant. »

Malcolm savoura la semaine qui passa en pensant à sa rencontre avec son ancien professeur. Il semblait heureux, cela se voyait sur son visage. Pourtant, il était tracassé par l'idée que Samantha se ferait de lui. Le jugerait-elle, le croirait-elle ? Le jeune homme se posait beaucoup de questions, mais il savait une chose : peu importe ce que Samantha penserait de lui, elle ne le trahirait pas. Si elle n'en croyait pas un mot, elle n'en relaterait les faits à personne. Il en était sûr. Il pouvait avoir confiance en elle.

Il était presque l'heure de partir. Il n'était pas encore tout à fait prêt quand son père lui proposa un expresso. Il s'installa sur le fauteuil du salon en attendant que son père prépare le café. Celui-ci introduisit la succulente poudre brune dans le creux du manche, qu'il inséra dans la machine. Il appuya son doigt sur le bouton qui déclencha le mécanisme. Il plaça rapidement une tasse de petite taille sous le verseur. Quelques instants plus tard, le contenu de la tasse était rempli à ras bord d'un délicieux liquide.

Le père y déposa un morceau de sucre de canne et une petite cuillère à café. Il appela son fils qui se précipita pour attraper la tasse.

Malcolm, avec sa tasse à la main, s'assit de nouveau sur le fauteuil et en contempla le contenu ; il y avait une sorte de mousse jaune brune qui le fit saliver. Il souffla dessus pour tenter de faire apparaître la couleur noire du café. Il y voyait un motif abstrait. Il jouait avec sa cuillère pour modifier le paysage de la surface. Il remua le sucre pour le dissoudre dans le café. Il amena la tasse à sa bouche et engloutit une petite gorgée qu'il dégusta sur le palais ; le café était exquis.

Il était temps de partir puisque le rendez-vous était fixé vers quinze heures. Il enfila sa veste et saisit les clés de voiture. Il raconta à son père qu'il allait voir un copain car il voulait que cette rencontre reste secrète.

Il ouvrit la porte, puis la petite grille et dégringola la côte. Il ouvrit le portail à l'aide de la télécommande qui était accrochée aux clés de voiture. Il arriva devant son véhicule ; la Renault rouge qui avait appartenu à son grand-père. Il avait toujours un peu honte de cette vieille voiture légèrement rouillée sur les côtés. Cependant, elle tenait encore bien la route. Il s'introduisit à l'intérieur, inséra la clé dans le trou prévu à cet effet. L'automobile ne démarra pas tout de suite. Il dut enclencher le starter progressivement avant que la mécanique ne démarre. Finalement, après plusieurs tentatives, la voiture se mit en route. Il actionna la marche arrière puis traça son chemin avec comme destination le domicile de Samantha.

Après avoir emprunté plusieurs rues et autoroutes, il atteignit son objectif. Il se perdit dans le village mais retrouva vite le chemin. Empli de courage, il arriva devant la maison de Samantha. Il gara sa voiture sur le trottoir à quelques pas de la maison. Il se plaça face au grand portail de sa propriété.

C'était une maison avec une architecture simple, dont la base semblait être un carré. De couleur blanche, elle était du même style que celles de la région. Il pressa sur la sonnette. Aussitôt, il entendit un chien aboyer dans la maison et, un moment plus tard, une porte s'ouvrir. Mais il ne vit pas immédiatement qui lui ouvrait car la porte était sur le côté et l'entrée était cachée par un mur de béton. Puis, un petit chien sortit rapidement, il avait le feu aux trousses. Il se jeta sur la grille en aboyant bruyamment comme si un brigand voulait pénétrer dans la maison.

Très vite, Malcolm aperçut une femme qui sortait. C'était Samantha, il la reconnut aussitôt. Il ne l'avait pas vue depuis des années, mais son visage était resté gravé dans sa mémoire. Elle se tourna dans sa direction. Elle aussi le reconnut au premier regard. Un sourire s'affichait sur leurs visages. Samantha marcha jusqu'au portail pour lui ouvrir, elle paraissait heureuse de revoir son ancien élève. Ils se saluèrent sincèrement. Le professeur rentra la clé dans la serrure du portail pour lui ouvrir. Pendant qu'elle le faisait entrer dans la maison, Malcolm semblait un peu gêné :

— Je ne vous dérange pas, j'espère, s'enquit-il.

— Non pas du tout, ça me fait très plaisir de te revoir. Je t'attendais avec impatience, rétorqua-t-elle.

Elle l'invita dans le salon et lui proposa de boire un verre, de façon à le mettre à l'aise. Puis il dit :

— Je prendrais bien un Coca-Cola si ça ne vous dérange pas.

Samantha s'absenta quelques minutes et réapparut avec une bière et un Coca-Cola dans les mains. Elle retourna dans la cuisine pour prendre deux grands verres afin de servir les boissons. Ils s'installèrent tous les deux dans le salon, lui s'assit sur le canapé et elle dans un fauteuil. Le chien paraissait beaucoup plus calme à présent ; il se coucha devant leurs pieds, bien gentiment. Malcolm contempla le salon. Pendant qu'elle versait les boissons, il la complimentait sur l'élégance et la propreté de sa maison. Il était maintenant plus à l'aise que précédemment.

Vu qu'il n'était pas encore prêt à lui raconter son histoire, ils parlèrent pendant un bon moment de leur passé commun, de l'école et de ses études. Puis, la confiance entre eux deux s'installa. Samantha passa à table et le questionna sur les problèmes qui le tracassaient. Malcolm hésita un instant puis commença :

— Il y a quelque temps déjà, il m'est arrivé une mésaventure. J'étais sur mon lieu de stage en entreprise et des souvenirs sont réapparus. Des souvenirs de mon enfance, de ma mère qui est décédée quand j'étais enfant.

Samantha l'écouta attentivement, le jeune adulte continua :

— Des passages très douloureux sont revenus, notamment des souvenirs de viol, mais d'autres également.

Sa voix tremblait tellement il était affecté par ce qu'il racontait. Il ressentait des difficultés à parler. Pendant ce temps-là, on voyait sur le visage de Samantha qu'elle était choquée.

Puis Malcolm but une gorgée du soda pour réhydrater sa bouche sèche. Il expliqua plus en détail les faits tels qu'ils s'étaient déroulés.

Samantha était sidérée par ce qu'elle venait d'entendre, elle lui expliqua qu'il avait bien fait de venir la voir pour lui en parler.

Les heures passèrent sans que Malcolm ne parle du meurtre de sa mère. Il pensait qu'il était encore trop tôt pour en relater les faits. Il essayerait la prochaine fois sans doute, mais il fallait qu'il ait plus confiance en elle. Il but un autre soda pendant que Samantha lui parlait de son mari, Christopher. D'après elle, il pouvait avoir confiance en lui. Il pourrait sans doute lui en parler, il saurait mieux le conseiller qu'elle.

Il était angoissé, comme d'habitude. Raconter des moments si douloureux avait fait augmenter son rythme cardiaque.

La séance venait de se terminer, Malcolm décida de mettre fin à la rencontre et voulut prendre l'air. Il pensait que ce qu'il venait de révéler devait mijoter un peu, histoire que les deux amis réfléchissent à la suite des évènements. Samantha trouverait peut-être comment l'aider, et Malcolm se sentait légèrement mieux à présent. Il avait évacué quelque peu ses angoisses. Il avait vidé son sac ; néanmoins, il ne savait pas très bien comment affronter la suite de sa vie.

***

Dans tout le pays, le monde étudiant était en ébullition et les grèves contre un projet de loi se multipliaient. Pour lui permettre de se changer les idées, Malcolm participait à ces manifestations à Mycènes. Une semaine s'était écoulée en attendant une nouvelle rencontre avec Samantha et son mari Christopher. Il ne le connaissait pas, mais il espérait qu'il l'aiderait à se sentir mieux. Que pourrait-il bien faire pour retirer les peurs de sa tête ? C'est une question qui tracassait beaucoup Malcolm. Après tout, qui irait croire à une telle histoire ? Aucun jury ne prendrait son témoignage au sérieux, le maître était un orateur vraiment hors du commun. Il n'y aurait même pas un procès, sa requête se finirait en non-lieu. Il était coincé. Phalaris avait annulé toutes les possibilités de voir un espoir. Comment s'y prendrait-il pour faire éclater la vérité au grand jour ? Il était seul.

Chapitre VI

Le détective privé

Le stress post-traumatique causé par les sévices subis par Malcolm avait développé chez lui des troubles paranoïaques. Il pensait que le maître l'avait mis sur écoute, il croyait le voir à tous les coins de rue. Mais aussi que ses contacts étaient partout.

Au cours du printemps 2006, Malcolm prit la décision de contacter un détective privé dans une ville extérieure à la sienne, même loin de la région. Il cherchait quelqu'un de professionnel et de compétent. Ne sachant pas avec qui se mettre en rapport, il laissa le choix au hasard mais il savait que les meilleurs se trouvaient dans la capitale du pays, à Byzantion. C'est là-bas que son choix se porta. Il n'y avait pas souvent mis les pieds. Il avait visité la ville quelques fois en famille.

Il décida de contacter l'un d'eux par téléphone. Son choix s'était arrêté sur le détective privé Lupin. Il avait trouvé ses coordonnées sur Internet.

Au cours d'un après-midi, il lui téléphona depuis une cabine téléphonique. Il décrocha un rendez-vous pour la fin de semaine.

Son ticket composté en poche et son sac sur le dos, il était prêt à embarquer à bord du train pour la capitale. Il était stressé par la suite des évènements. Qu'allait-il se passer à Byzantion ?

Malcolm prit place sur un siège à bord de l'un des wagons. Il avait embarqué un livre qu'il avait acheté d'occasion sur Internet. Il s'agissait d'un vieil ouvrage publié dans les années 70 sur la manipulation et les réflexes conditionnés. Ce livre relatait notamment les expériences des chiens de Pavlov. Le voyageur cherchait avant tout à étudier et à comprendre. Il n'avait pas l'habitude de lire beaucoup. Néanmoins, les pages défilaient rapidement.

Quelques heures plus tard, il arriva à destination. La ville était grande. Il devait emprunter le métro mais surtout s'orienter pour trouver la rue en question et ne pas être en retard. Ce rendez-vous était très attendu par Malcolm.

Au bout d'une demi-heure, il parvint à sortir des souterrains. Il tomba sur la rue qu'il cherchait. Heureusement, après avoir regardé sa montre, il constata qu'il était en avance. Il prit le temps d'observer un peu l'architecture des alentours. Mais il ne tarda pas pour s'y rendre.

Il détecta le bon nom sur le bâtiment et pressa la sonnette. Il monta plusieurs étages et fut accueilli par l'assistant du détective. Il patienta quelques minutes avec une boisson chaude qui lui avait été proposée.

Le détective privé en personne arriva pour le saluer. Ils s'installèrent tous deux dans son bureau qui donnait sur la rue. Un animal à poils frôla les jambes de Malcolm ; il s'agissait d'un gros chat. La bête était bien nourrie. Le jeune adulte posa sa main sur son dos pour le caresser. Un ronronnement se fit entendre.

Malcolm commença son histoire. Il ne raconta pas tout de fond en comble mais uniquement les parties nécessaires. Il ne lui parla pas de l'assassinat de sa mère.

La conversation dura plus d'une heure. Malcolm était essoufflé, Lupin le ressentait. L'histoire paraissait difficile à croire pour le détective, mais il n'en dit rien au jeune homme.

Chapitre VII

La destinée

Tous les choix qu'il avait faits au cours de sa vie étaient orientés vers cette affaire. Le jeune Malcolm avait soigneusement identifié, grâce à ses visions, des moments précis qu'il vivrait dans son existence et qui agiraient comme des signaux pour le faire réagir afin de changer de cap. Par un enchaînement, les voies empruntées par le capitaine du navire avaient pour but de le conduire jusqu'à bon port. La chimie de son cerveau avait été programmée par ses soins pour réagir à des images, des sons, des situations qu'il ne verrait, n'entendrait et ne vivrait qu'à des dates bien précises.

Suite à ses souvenirs, Malcolm décida de contacter Frank, l'homme qui avait tenté de l'aider en 1992. Malcolm savait où le trouver. Il savait également qu'il ne refuserait pas de le rencontrer puisqu'il avait été son professeur durant sa scolarité, au moment où il était en internat à Létoon.

Après s'être fait exclure de son lycée à Thèbes, le jeune Malcolm avait recherché un autre établissement pour l'accueillir. N'ayant trouvé aucune école qui veuille de lui dans les alentours, avec son père, ils se tournèrent vers l'internat de Létoon, le seul qui ne posât pas de question sur les histoires qu'il avait eues dans son ancienne école. Sans avoir été jugé, Malcolm avait intégré les cours en milieu d'année.

Il se souvint de Frank, ce professeur qui, un jour, au cours d'un dîner spécial que l'école avait organisé pour les élèves, s'était tourné vers lui et lui avait parlé d'un mystérieux livre qu'il devait écrire. À cet instant précis, Frank lui demanda quand commencerait l'écriture de son livre. Quand il entendit ses paroles, Malcolm pensa que son professeur se moquait de lui, ou au mieux, lui faisait une blague. Il fut contrarié, se vexa et partit rejoindre ses camarades sans comprendre un mot de l'histoire. Il n'y avait jamais repensé, jusqu'au jour du surgissement de tous ces souvenirs concernant Frank. Il espérait que Frank l'aidât.

Un jour, il partit avec la voiture de son grand-père à Létoon, pour y déposer un courrier dans la boîte aux lettres de son ancienne école. Ce courrier était personnellement adressé à Frank. Il souhaitait le rencontrer. L'espoir l'avait guidé jusqu'à son ancien professeur.

Suite à sa lettre, Frank le contacta par téléphone. Ils se mirent d'accord sur une date, une heure et un lieu de rendez-vous.

Malcolm se rendit donc un autre jour à Létoon. Le point de rencontre était fixé devant l'école. Ce jour-là, les élèves n'étaient pas présents, cela devait être un samedi après-midi. Ainsi, les deux anciens se retrouvèrent-ils. Autour d'eux, la végétation était à la fois sauvage et bien entretenue. Le sol était dur. L'immense grille qui se trouvait devant eux était la même que du temps de sa scolarité.

Frank avait pris de l'âge. Les rides traversaient son visage comme des séquelles du passé et il portait une tenue de personne sérieuse. Il était vêtu d'une veste de costard grise avec, en dessous, un pull noir et léger pour cet après-midi de printemps ensoleillé. Il avait désormais quelques cheveux blancs, il paraissait néanmoins en forme.

Après s'être salués, ils discutèrent rapidement de ce qu'ils étaient devenus. Puis Malcolm passa à table. Il détenait dans sa main un flacon avec à l'intérieur un petit carré de tissu plat. Il s'agissait d'un morceau de tapisserie qu'il avait découpé la veille dans son appartement à Mycènes. Au milieu de ce minuscule bout se trouvait une tache. De couleur brun foncé, elle était ronde, sa symétrie était parfaite. Son origine était inconnue, mais elle semblait provenir des abîmes du passé. Comme une marque scellée dans le temps, Malcolm la tenait avec grande précaution. Il montra l'artéfact à Frank puis il enchaîna :

— Lorsque j'étais au lycée, vous m'avez parlé d'un livre que je devais écrire ! affirma Malcolm.

— Non, je n'ai jamais dit cela ! répliqua Frank d'un ton sec et ferme.

Le regard du professeur se porta ailleurs, comme s'il cherchait à fixer un point imaginaire. Son pouls s'était brusquement accéléré.

Malcolm ne voulut pas insister plus longtemps. Après avoir expliqué toute l'histoire, il repartit dans son véhicule, pensant soit qu'il était fou, soit que Frank avait subi un lavage de cerveau.

Frank fit de même. Mais au moment de tourner la clé qui allait faire démarrer le moteur de son véhicule de fabrication allemande, les pensées du professeur battaient à mille à l'heure. Regarder Malcolm simplement comme un ancien élève qui avait perdu la raison fut la chose la plus difficile de toute sa vie. Son regard allait au-delà du pare-brise avant de sa voiture. Une brèche dans le temps venait de se créer. Son visage s'était gelé.

Il était partagé entre le regret de ne pas pouvoir aider son ancien élève et la promesse qu'il avait faite il y a très longtemps à un jeune garçon. Ce jeune garçon à l'époque n'était autre que Malcolm lui-même. L'enfant avait prédit cette journée. Lui demandant de ne pas l'aider quand il viendrait le voir dans le futur, le professeur savait qu'en agissant ainsi, en niant tout en bloc, Malcolm se sentirait humilié. Ce sentiment de frustration immense le pousserait à entamer l'écriture de son livre.

En 1992, le jeune prophète voyait en ce livre la seule et unique arme capable de vaincre Klaus Phalaris. L'ouvrage était d'une importance capitale, Frank en était parfaitement conscient.

En ce temps, Malcolm avait dicté au professeur le comportement que celui-ci devait avoir envers lui dans le futur. Il n'y avait plus qu'une seule chose qui comptait pour Frank, c'était de faire le nécessaire pour que Malcolm écrive son livre. Après avoir vu que toutes ses prémonitions s'étaient réalisées, il savait que ce jour viendrait. Ce jour où Malcolm devait prendre conscience par lui-même que cette œuvre qu'il allait rédiger serait l'arme absolue. Ce livre était devenu sa destinée. Le professeur savait que tout était écrit.

La respiration de Frank se bloqua, la clé tourna, le moteur démarra. Le cours du temps reprit.

Chapitre VIII

La cérémonie

Dimanche en début d'après-midi, une deuxième rencontre devait avoir lieu en ce jour pour faire la connaissance de Christopher, le mari de Samantha. Malcolm était stressé comme toujours, cela devenait pénible. Des peurs le hantaient à chaque instant de la journée.

Cette nuit, il avait encore rêvé de Phalaris, qu'il revoyait régulièrement pendant son sommeil. Pourtant, ce cauchemar n'en était pas un. Dans son rêve, il le voyait comme un gentil monsieur qui rencontrait sa famille et qui était invité chez eux. Malcolm discutait avec lui comme s'il ne l'avait jamais connu. Il jouait un double jeu. Le rêve se termina comme chaque fois, brutalement, laissant des interrogations en suspens. Comment combattre Phalaris ? Cela devenait une énigme sans réponse.

Son père lui demanda une nouvelle fois où il se rendait. Il répondit comme toujours : « Chez un ami ». Il était un peu en retard. Il se dépêcha de prendre le volant. Au bout d'une vingtaine de minutes, il arriva devant le domicile de Samantha.

Christopher et elle l'accueillirent chaleureusement. Après avoir parlé pendant dix minutes de l'affaire autour d'une boisson, Christopher lui avoua qu'il avait déjà entendu ces noms, celui de Klaus Phalaris et d'Henry Hiéron :

— Bien sûr, ce sont des francs-maçons. Il y a plusieurs années, la franc-maçonnerie est venue vers moi pour que je rejoigne l'ordre. J'ai refusé ! Mais derrière eux se cache un petit groupe bien plus secret, les francs-maçons ignorent même jusqu'à son existence : les Illuminati !

Christopher voyait que Malcolm était fatigué, épuisé. Il rencontrait des difficultés à parler. Il était à bout. Après avoir soupé, Christopher l'interpella et lui proposa de participer à une cérémonie religieuse. Selon lui, Malcolm pouvait être comme possédé. Il voulait l'aider. Après avoir donné son accord, Malcolm s'assit sur le canapé. Christopher resta debout. Samantha se tenait non loin d'eux. Durant la cérémonie, Christopher s'exclama fort :

— Dans trois jours, tu t'effondreras, tu te relèveras et tu te sentiras mieux après !

C'était le soir du 14 mai 2006.

Chapitre IX

L'hôpital

Malcolm avait recontacté la veille le détective privé. Celui-ci lui avait accordé un nouvel entretien pour le jour suivant.

Une fois arrivé à Byzantion, Lupin trouva Malcolm dans un état de santé inquiétant. Malcolm était au bord du délire. Il n'arrivait plus à expliquer l'affaire rationnellement. Ses phrases s'entremêlaient. Il avait les yeux grands ouverts, témoignant des nuits blanches qu'il avait passées. Sa tension artérielle avait atteint un stade critique. Son état de santé semblait mauvais.

Durant l'entretien, le détective privé ne vit sans doute pas Malcolm comme un menteur mais comme quelqu'un qui hallucinait. Discrètement, il lui proposa d'en parler à un psychiatre. Peut-être pourrait-il l'aider ? lui dit-il.

Le jeune homme se retrouva le soir même, de son plein gré devant un psychiatre d'un hôpital de la capitale. Quand ce dernier lui demanda comment il avait pu se souvenir de tout cela subitement, Malcolm mentit en expliquant qu'il avait pratiqué de l'autohypnose pour se rappeler son enfance. Ce fut une grosse erreur pour lui. À cette époque, il ignorait le fameux « syndrome des faux souvenirs » qui peut survenir lors de séances d'hypnose. Le sujet peut parfois voir apparaître de faux souvenirs d'éléments tragiques de son l'enfance. C'était le piège qu'il aurait dû éviter.

À présent, il était pris pour un fou. Le diagnostic écrit dans son dossier était « psychose aiguë délirante ». Il fut hospitalisé d'office le soir même. Nous étions le soir du 17 mai 2006.

***

Le 26 mai à 15 h 15, alors que Malcolm était à Byzantion dans la chambre d'hôpital numéro 101, il décida d'écrire un livre.

Malgré cette découverte qui semblait des plus troublantes pour le corps du jeune homme, il se mit à frémir de désespoir. L'horrible horloge du temps venait de s'activer, juste là sous ses yeux pleins de larmes et de révoltes.

Il n'avait pas d'ordinateur pour taper son texte. Finalement, notre écrivain prit sa plus belle plume pour nous faire partager ses sentiments sur des feuilles de papier. Il était relativement stressé en ce jour. Il s'inquiétait de la façon dont il allait s'y prendre au cœur de ce cauchemar pour faire éclater la vérité au grand jour. Seule l'angoisse l'accompagnait dans sa démarche.

— Quand sortirai-je d'ici ? s'enquit-il d'une voix plaintive.

En effet, les journées étaient longues, ici à l'hôpital psychiatrique. Il avait beau fixer sa montre d'un regard déplaisant, l'aiguille ne voulait pas sauter. Il ne faisait même pas attention au défilement des jours, sinon son pouls augmentait soudainement et sa tension devenait élevée. Il pensait sortir rapidement, dans les prochains jours…

Il n'avait que la nuit pour s'évader. Heureusement, les

nuits, il était partout sauf à l'hôpital. Ses rêves le faisaient partir vers d'autres horizons.

***

Jeudi 8 juin vers 9 h 30, Malcolm était allongé sur son matelas. Il avait été transféré à l'hôpital de Thèbes pour se rapprocher de sa famille. Son lit était incliné et il paraissait assis. C'était très pratique puisqu'un simple levier permettait de le descendre et de le redresser comme bon lui semblait. Néanmoins il fallait tout de même aider un peu le matelas à se redresser. Avec une main habile sur le levier et une autre sous le haut du sommier, Malcolm parvenait à lui faire adopter la forme qui convenait à son corps. Ces jambes étaient maintenant bloquées par le bout de lit, qui était en fait une planche de bois en contreplaqué de couleur blanche, fixé par des barres en acier brillantes, qui empêchaient ses jambes de s'épanouir. Ses grands bâtons devaient toute la journée rester casés dans un angle d'environ soixante-quinze degrés en partant du bassin. Souvent, aussi, ses jambes restaient rabattues en angle droit, position cependant très pratique pour lire.

Ainsi, dans cette position, c'était un vrai jeu d'enfant de lire son nouveau livre *L'Axe du loup* de Sylvain Tesson, qui ressemblait davantage à un journal de bord. L'aventurier relatait un grand voyage où il avait voulu retracer les expéditions de Rawicz et d'autres prisonniers du Goulag. Ils avaient réussi à s'évader pour gagner la toute-puissante liberté. Partant de Iakoutsk en ex-U.R.S.S. jusqu'à Calcutta en Inde où l'armée britannique les attendait pour recueillir leurs précieux témoignages. Étrange similitude entre ces ex-prisonniers qui venaient parler des goulags soviétiques et la fameuse histoire de Malcolm. Leur ressemblance était une histoire qui dépassait l'imagination des hommes au point de ne pas être crue. À cette époque, le communisme avait une belle image du point de vue de beaucoup de peuples. On ne pouvait penser que des milliers voire des millions de gens étaient traités comme des animaux et mouraient dans ces camps. Rawicz avait dû faire face à la faim, à la soif, à la fatigue et à la douleur, une douleur insupportable. Puis, ayant combattu de tels obstacles, il avait dû affronter l'opinion publique et ses critiques drastiques sans doute plus insupportables encore après ce qu'il avait vécu durant sa fuite. Lui qui avait certainement pensé qu'il serait acclamé comme un héros de film américain s'était retrouvé confronté à une image de menteur et de fou délirant.

Malcolm venait de se lever de son lit, histoire de faire une pause dans sa lecture pour aller nourrir d'étranges petites bêtes qui nous accompagnent partout dans le monde : les pigeons. Une fois debout, il contourna son lit et se retrouva face à son armoire. Il ouvrit la grande porte côté droit. Sur l'étagère, au-dessus de sa veste se trouvaient des croûtons de pain. Ce pain suffirait pour l'heure. D'une grande poignée, il les attrapa et se dirigea vers la fenêtre.

Malgré la faible ouverture de la fenêtre, Malcolm réussit sans difficultés à passer une main généreuse et il en déposa le contenu sur le rebord. Les animaux à plumes ne réagirent pas immédiatement. Il fallait qu'ils remarquent le pain. À peu près vingt minutes plus tard, un animal volant atterrit sur le rebord. Il ne s'était pas encore posé totalement que son bec était déjà ouvert pour attraper les premières miettes. Aussitôt, une nouvelle horde de pigeons débarqua. Une bataille se livra ; coups de bec contre coups de bec, le vainqueur serait celui qui en aurait grignoté le plus. À force de chahuter, les morceaux de pain finirent par tomber du ring. Le match se termina au sol, quatre ou cinq mètres plus bas. Immédiatement, ces volatiles se laissèrent tomber avec comme seul repère le pain.

***

Le jeune Malcolm, malgré lui, venait au fond de son cœur de trouver un espoir, mince mais potentiellement exploitable s'il réussissait à le cultiver correctement au cours de sa vie. Cet espoir permettrait de témoigner au monde jusqu'où toute la folie humaine pouvait aller. Et cette dénonciation entraînerait une vive réaction.

Conclusion

Au cours de ce livre, ont été recensées les aventures de Malcolm, en proie à l'impensable. Après avoir souffert durant son enfance, une fois adulte, son entourage ne le crut pas en entendant son histoire. Le prenant pour un fou qui hallucine et ment, il fut contraint d'enfouir « de nouveau » son passé. La réalité avait dépassé l'imagination au point de ne pas être crédible.

Ce n'est que vingt-cinq ans après l'affaire, à trente ans, qu'il publia un livre. L'a-t-il fait par désespoir ? Par espoir ? Ou simplement en témoignage ?

***

L'interprétation que chacun d'entre vous se fera sera différente. En effet, un policier pourrait penser que Malcolm a menti. Un père de famille pourrait croire qu'il a rêvé. Et un psychiatre dirait sans doute qu'il a halluciné.

Par conséquent, la question sur cette affaire ne sera plus de démêler le vrai du faux ? Mais ce qu'il faudra vous demander concernera votre foi en lui. Croyez-vous en Malcolm ?

***

Malcolm ne le sait pas, mais la guerre qu'il mène ne se jouera peut-être jamais devant une cour d'assises. Vu la situation, aucun juge ni juré ne pourrait rendre un verdict en sa faveur. Si Klaus Phalaris ne peut pas être jugé devant un tribunal, il devra l'être en revanche par le monde lui-même. C'est à la communauté de juger ses crimes. Chacun pourra se faire sa propre opinion sur l'affaire.

Le monde devra savoir un jour. Et ce jour, lorsque l'information sera divulguée, les messagers qui la diffuseront seront les porteurs de son témoignage. Quand les lecteurs deviendront témoins, Malcolm deviendra libre. Maintenant, tout le monde sait ! Ce livre est une victoire et non une vengeance. L'amour d'une mère et son fils a triomphé.

***

Quant au futur, ni Malcolm, ni Klaus Phalaris ne le connaissent. Les nouveaux visionnaires sont les lecteurs de ce livre eux-mêmes. Malcolm, c'est vous — vous tous — et vous êtes Malcolm.

À la mémoire de ma mère

Maryse

(31.03.1951–18.06.1992)

*F*IN

Sommaire

Préambule		9
1ʳᵉ Partie		**11**
Chapitre I	La tragédie	13
Chapitre II	Le retour	15
Chapitre III	L'incident	17
Chapitre IV	Le test	29
Chapitre V	Les premières visions	43
Chapitre VI	L'association	57
Chapitre VII	La recherche	61
Chapitre VIII	Le souvenir	79
2ᵉ Partie		**83**
Chapitre I	La découverte	85
Chapitre II	La décision	99
Chapitre III	La photo	103
Chapitre IV	L'appartement	105
Chapitre V	Le logo	115
Chapitre VI	Le secret	117
Chapitre VII	Les deux parrains	119

Chapitre VIII	La nuit	123
Chapitre IX	L'internat	131
Chapitre X	Le nettoyage	139

3ᵉ Partie   **143**

Chapitre I	Le surgissement	145
Chapitre II	Le cours	149
Chapitre III	L'aide	157
Chapitre IV	La prise de contact	161
Chapitre V	La rencontre	167
Chapitre VI	Le détective privé	175
Chapitre VII	La destinée	179
Chapitre VIII	La cérémonie	183
Chapitre IX	L'hôpital	185
Conclusion		191
Communication		199

COMMUNICATION

Facebook : Malcolm Tiresias

Twitter : @MalcolmTiresias